FOLIOTHÈQUE

Collection dirigée par
Bruno Vercier
Maître de conférences
à l'Université de
la Sorbonne Nouvelle - Paris III

John Steinbeck

Des souris

et des hommes

par Marie-Christine

Lemardeley-Cunci

Marie-Christine

Lemardeley-Cunci

présente

Des souris

et des hommes

de John Steinbeck

Gallimard

Marie-Christine Lemardeley-Cunci, ancienne élève de l'École Normale Supérieure, est professeur de littérature américaine à l'Université de la Sorbonne Nouvelle - Paris III

Le dossier iconographique a été réalisé par Monique Trémeau.

Titre original : OF MICE AND MEN

ABRÉVIATIONS

Liste des ouvrages de Steinbeck cités :

S.H. Le premier éditeur de *Des souris et des hommes*, en 1937, fut Pascal Covici des éditions Covici-Friede. Devant l'abondance des rééditions en anglais, les citations en langue originale ne renvoient pas à une édition particulière.
Pour les citations en français, se référer à :
Des souris et des hommes, traduction Maurice-Edgar Coindreau, Paris, Gallimard, 1949, coll. Folio.

G.V. *La Grande Vallée*, traduction Marcel Duhamel et Max Morise, Paris, Gallimard, 1946, coll. Folio.

P.C. *Les Pâturages du Ciel*, traduction Louis Guilloux, Paris, Gallimard, 1948, coll. Folio.

C. *Conversations with John Steinbeck*, éd. Thomas Fensch (Jackson, University Press of Mississippi, 1988).

L. *Steinbeck: A Life in Letters*, éd. Elaine Steinbeck et Robert Wallsten (New York, Viking, 1975).

INTRODUCTION

Dans *Des souris et des hommes,* John Steinbeck fait parler des ouvriers agricoles de l'Ouest américain « comme si nous y étions », et décrit les paysages californiens avec une minutie quasi scientifique. Dès les premières pages la dimension mythique de ces descriptions semble cependant donner au paysage une grandeur inédite qui interdit de voir dans le texte de Steinbeck un simple reportage.

Les paysages réels et imaginaires peints par Steinbeck sont mis en valeur par une composition très travaillée et un style fondé sur la sobriété et le dépouillement. Seule ouverture dans un monde restreint le plus souvent circonscrit par les murs d'une chambre ou d'une étable, le rêve est la seule échappée qui nous révèle une parcelle de la vie intérieure des êtres qui peuplent ce roman. En adoptant le point de vue extérieur d'un observateur le plus souvent impartial, Steinbeck laisse libre cours à l'interprétation.

La lecture que nous proposons de *Des souris et des hommes* vise à replacer ce livre dans un contexte historique et littéraire en élucidant des signes qui s'inscrivent dans un tissu textuel bien américain. Au-delà du déchiffrage des signifiés, il est possible aussi de repérer l'expression des mouvements de l'âme humaine, en prêtant attention à la rhétorique du texte, à ce qu'il donne à voir presque sans le savoir. Faire résonner certaines interrogations à l'œuvre dans ce roman (la filiation, la différence sexuelle, la mort) est peut-être un moyen de redonner au lecteur sa place d'interprète, c'est-à-dire d'acteur qui joue avec le texte autant qu'il est travaillé par lui.

I L'ANCRAGE : RÉFÉRENCE ET MYTHE

A. L'AMÉRIQUE RURALE DES ANNÉES TRENTE

L'histoire de deux ouvriers agricoles de l'Ouest californien au moment de la Grande Dépression acquiert une valeur de vérité universelle tout en étant ancrée dans une réalité sociale reconnaissable et parfois pittoresque.

Bien qu'il ne soit fait mention d'aucune date particulière, *Des souris et des hommes* évoque l'univers pauvre de l'Amérique rurale à la fin des années trente. Le cadre social est bien découpé : il se partage en deux classes, le patron et les ouvriers. Le commentaire de type naturaliste se manifeste souvent lors d'une description de lieu, ainsi le baraquement, au début du chapitre II. La description méticuleuse des murs, portes et fenêtres de ce lieu d'habitation pour travailleurs saisonniers est assortie d'une intervention explicative de l'instance narrative sur la fonction des journaux illustrés lus par les ouvriers du ranch :

« Et ces étagères étaient encombrées de petits articles : savons, poudre de talc, rasoirs, et ces magazines du Wild West que les hommes des ranches adorent lire, dont ils se moquent, mais que secrètement ils prennent au sérieux » (*S.H.*, p. 53).

Le brusque passage au présent dans un paragraphe au passé qui se veut documentaire rompt la trame narrative pour extrapoler sur le monde imaginaire des hommes de l'Ouest, quelle que soit l'époque. Mais cette remarque en apparence détachée s'inscrit dans le thème général du livre : en chaque homme se cache un rêveur. Le problème n'est pas d'avoir des rêves mais de ne pas être à même de les réaliser.

Certaines « intrusions descriptives[1] » du narrateur contribuent à clarifier le contexte social. Les commentaires de la voix narrative sont d'autant plus remarquables que la méthode « impersonnelle » de Steinbeck consiste à montrer les personnages et à les présenter vus de l'extérieur, sans accorder au narrateur de connaissance supérieure quant à leur intériorité.

Dans ses rares interventions, la voix narrative déploie un savoir sur les codes sociaux et donne au lecteur la clef de certains signes : le narrateur se fait non seulement *descripteur* mais « *décrypteur* », pour reprendre la distinction de Philippe Hamon[2].

Ainsi le portrait du patron du ranch est assorti d'un commentaire explicatif :

1. Gérard Genette, *Figures III*, Paris, Seuil, 1972, p. 135.

2. Philippe Hamon, *Introduction à l'analyse du descriptif*, Paris, Hachette, 1981, p. 63.

« Il était coiffé d'un vieux feutre brun, et il portait des bottes à hauts talons avec des éperons, preuve qu'il n'était pas un journalier » (*S.H.*, p. 58).

En anglais le signe (« high-heeled boots ») est rapporté à un désir de la part du patron de se démarquer socialement des autres travailleurs, alors qu'en français il est plus difficile de déterminer si c'est le patron ou le narrateur qui juge que ce détail vestimentaire est une « preuve » du rang social : « On his head was a soiled brown Stetson hat, and he wore high-heeled boots and spurs *to prove he was not a labouring man.* »

Les insignes sont énumérés mais ils sont aussi interprétés selon le code social en vigueur dans le milieu décrit. L'autre élément du vêtement qui sert de signal de reconnaissance, c'est le chapeau. Appelé par le nom de son créateur, le « Stetson hat », feutre à large bord devient en français un « feutre mou ». Il est porté également par Slim, le roulier, qui occupe au milieu de ces hommes une position de prestige :

« Un homme très grand se dressait sur le seuil. Il tenait un chapeau de feutre aplati sous le bras tout en peignant en arrière ses longs cheveux noirs tout humides » (*S.H.*, p. 75). (« A tall man stood in the doorway. He held a crushed Stetson hat under his arm while he combed his long, black, damp hair straight back. »)

Ainsi par un simple détail qui paraît de prime abord « inutile », Steinbeck construit tout un système de repérages qui guide le lecteur et lui permet très rapidement d'établir des grilles et de classer les différents personnages les uns par rapport aux autres. La voix narrative donne d'ailleurs le modèle de ce genre de classements dans le portrait de Curley :

« Il avait la main gauche comme un gant de travail, et comme le patron, il était chaussé de bottes à hauts talons » (*S.H.*, p. 63).

Le lecteur ainsi guidé en conclura qu'il s'agit du fils du patron.

Si d'un côté ces remarques explicatives facilitent la compréhension du lecteur, en lui permettant une identification rapide des strates sociales, de l'autre elles abolissent le mystère individuel et réduisent parfois les êtres à leurs déterminations extérieures. Le patron n'a pas d'autre fonction que d'être le patron, c'est un *type* sans relief particulier.

Toutefois dans ce roman, Steinbeck n'appuie pas le trait sociologique : le lieu de travail répond au vocable assez vague de « ranch », et le paysage social se réduit à ces quelques éléments vestimentaires et à des rapports de force assez peu élaborés. Dans son précédent roman, *En un combat douteux,* paru en 1936, Steinbeck prête voix aux luttes des ouvriers agricoles de Californie engagés dans des grèves et des luttes sociales organisées, mais dans *Des souris et des hommes*, la variété des métiers auxquels il est fait allusion n'implique aucune prise de conscience collective.

Plusieurs métiers sont mentionnés, sans préciser la nature exacte du travail demandé. Chaque rôle semble attribué une fois pour toutes, sans espoir d'avancement ou de changement de catégorie.

Le vieux Candy, en jean, un balai à la main, c'est « le vieil homme à tout faire » (*S.H.*, p. 55). En anglais, « the old swamper » évoque le marais (« swamp ») dans lequel on essaie de se frayer un chemin, la tâche ingrate et répétitive, mais sans idée de revendication sociale. À vrai dire, Candy restera enlisé dans sa situation.

Le palefrenier noir Crooks s'appelle en anglais « the stable buck ». « Buck » est un terme péjoratif pour désigner un Noir ou un Indien, nuance perdue dans le passage au français.

Rares sont les allusions précises qui permettent de dater historiquement le contexte dans lequel se déroule ce roman. Elles sont d'autant plus repérables : ainsi « Murray et Ready » (*S.H.*, p. 34 et 58), est le nom d'une agence chargée par le gouvernement Roosevelt, pendant la période du « New Deal », de diriger les travailleurs dans les régions où l'on manquait de main-d'œuvre. En utilisant ce nom propre dans un texte par ailleurs assez peu précis quant aux dates, Steinbeck produit ce que Roland Barthes appelle un « effet de réel[3] », comme si Steinbeck voulait par ce biais ancrer son roman dans un contexte reconnaissable et qui fasse « vrai ». De manière tout à fait similaire, la description précise des objets présents dans l'étable (*S.H.*, p. 127), qui brille par son « inutilité » dans le déroulement de l'histoire, contribue à cet « effet de réel »,

3. Roland Barthes, « L'effet de réel », *Communications*, 11, 1968, repris dans *Littérature et réalité*, Paris, Seuil, coll. Points, 1982.

comme si Steinbeck voulait nous indiquer de cette manière indirecte qu'il avait déjà vu une étable et qu'il savait quels objets s'y trouvaient.

Steinbeck est d'ailleurs allé assez loin dans son désir d'authentifier son écriture par la réalité, puisqu'il a vraiment partagé la vie des travailleurs saisonniers dans les vergers de Californie, à partir de l'automne 1937, après la publication de *Des souris et des hommes* et avant celle des *Raisins de la colère.*

Steinbeck confie à un journaliste du *New York Times* en 1937 : « J'ai moi-même été travailleur saisonnier ("bindle-stiff") pendant un certain temps. J'ai travaillé dans la région où se situe l'histoire » (*C.*, p. 9).

Longtemps c'est sur cette connaissance de première main de la vie des humbles que Steinbeck s'est forgé malgré lui une réputation d'écrivain naturaliste, alors que la valeur documentaire de ses romans paraît moins convaincante que leur pouvoir d'évocation. Dépassant le contexte historique précis, ses romans peignent des drames inhérents à la condition humaine quel que soit le lieu ou l'époque. *The Red Badge of Courage* (1895) de Stephen Crane démontre à l'évidence qu'un romancier naturaliste de talent n'a pas besoin d'avoir vécu ce qu'il évoque pour convaincre, mais l'influence de l'idéal whitmanien a sans doute été la plus forte. Pour le grand barde de la démocratie et de la terre américaines, Walt Whitman (1819-1892), c'est le « je » qui doit être placé au centre de toute création et marquer de sa présence le cœur et le corps du texte : « I am the man, I suffered, I was there » (« Je suis cet homme, j'ai souffert, j'étais là »)[4] , comme si la force persuasive d'un écrit tenait surtout à l'implication physique de son auteur dans le sujet traité. Influencé par cette tradition littéraire comme par son expérience de journaliste, Steinbeck s'est voulu homme de terrain au plus près des réalités sociales de ses concitoyens. L'écrivain sort de sa tour d'ivoire pour partager la vie des travailleurs migrants les plus défavorisés, et se juge témoin privilégié de leur sort.

4. « Song of Myself », « Chant de moi-même », v. 833, traduction Roger Asselineau, *Leaves of Grass / Feuilles d'Herbe*, Paris, Aubier Flammarion, coll.Bilingue, 1972, p. 136-137. Voir Dossier, p. 169-170.

En dehors des « débardeurs » sans qualification, le ranch emploie des ouvriers très compétents comme Slim, ou marginalisés comme le palefrenier noir Crooks.

Slim a pour fonction de s'occuper des attelages, mules et chevaux ; il est le « roulier », terme qui désignait un transporteur dirigeant une voiture tirée par des chevaux. Le palefrenier noir Crooks, qui, de par ses lectures et sa vie en marge de la société du ranch, est sans doute celui qui a le plus grand sens de la place respective de chacun, énonce en termes clairs la distinction entre « roulier » et « débardeur ». Il proteste à l'arrivée de Lennie dans l'écurie :

« Et puis, j'sais pas ce que tu viens faire dans l'écurie, dit-il en manière de protestation. T'es pas roulier. Les débardeurs n'ont rien à voir avec l'écurie. T'es pas roulier. T'as rien à faire avec les chevaux » (*S.H.*, p. 130).

La position sociale de chacun est bien

définie, immuable et aucun sentiment de solidarité ou de révolte ne semble animer cette troupe dépareillée. Le patron, c'est le « boss » sans discussion, et le fils du patron, Curley, a des protections simplement parce qu'il est le fils du patron. C'est d'ailleurs parce que Curley aurait le pouvoir de faire renvoyer les ouvriers que Slim décide de mentir lorsque Lennie a broyé la main de Curley :

« Si tu ne dis à personne ce qui est arrivé, nous ne le dirons pas. Mais si tu parles et si tu tâches de faire renvoyer ce gars, nous raconterons l'affaire à tout le monde, et alors ; ce qu'on se paiera ta gueule! » (*S.H.*, p. 122).

La force d'intimidation et la force physique individuelles triomphent sur le pouvoir hiérarchique.

Pour échapper au carcan social qui les condamne à travailler sans récolter les fruits de leur labeur, Lennie et George inventent un lieu imaginaire, et ce rêve fait d'espérance et de nostalgie s'inscrit bien dans la tradition du rêve américain.

B. UN RÊVE AMÉRICAIN

La nature même du paradis rêvé par George et Lennie est tout à fait en accord avec le rêve américain fondé sur l'idéal jeffersonien de la petite propriété foncière. Pour l'auteur de la Déclaration d'Indépendance, « la vie, la liberté et la quête du bonheur »

(« life, liberty and the pursuit of happiness ») sont des droits inaliénables garantis par Dieu[5].

Le lieu de travail est désigné sous le terme indéterminé de « ranch », et à aucun moment les travailleurs journaliers, pourtant fatigués de leur tâche, n'envisagent la moindre révolte organisée contre le pouvoir du patron. Ce qui domine, c'est plutôt un discours nostalgique : nostalgie de l'appartenance à la terre et nostalgie du passé.

Comme toute parole mythique, ce rêve s'inscrit hors des repères chronologiques, et il donne à ceux qui y croient l'illusion qu'ils peuvent manipuler le temps.

Plusieurs personnages expriment la nostalgie d'un passé lié à l'enfance ; ainsi le palefrenier noir Crooks, s'il ne croit pas au rêve du lopin de terre, est plein du souvenir d'un monde où Noirs et Blancs pouvaient se côtoyer :

« Les gosses des Blancs venaient jouer chez nous, et il y en avait qui étaient assez gentils. Mon père n'aimait pas ça. C'est que bien plus tard que j'ai compris pourquoi il n'aimait pas ça. Mais maintenant je sais » (*S.H.*, p. 132).

Un indice de ce regret d'un monde plus serein est la présence parmi les livres de Crooks d'un « exemplaire défraîchi du Code civil californien de 1905 » (*S.H.*, p. 128).

George, lui aussi, forge les composantes de son rêve futur sur les images de sa petite enfance :

« J'pourrais construire un fumoir, comme

5. Dans « Jeffersonian Agrarianism in *The Grapes of Wrath* », Chester E. Eisinger montre le lien entre les rêves de la famille Joad, ceux de George et Lennie et l'idéal agrarien du XVIIIe siècle prôné par Jefferson. Cette vision d'une démocratie fondée sur la petite propriété foncière repose sur la valorisation de l'individu et sur son droit naturel à posséder une terre. Paru en 1947 dans *The University of Kansas Review*, cet article n'est pas repris dans les recueils d'articles, alors qu'il apporte un éclairage tout à fait original sur l'arrière-plan sociohistorique qui soustend la pensée de Steinbeck.

celui qu'avait mon grand-père » (*S.H.*, p. 111).

« Et nous garderions quelques pigeons pour voler autour du moulin, comme ils faisaient quand j'étais gosse » (*S.H.*, p. 112-113).

Candy, ce « grand vieillard voûté » (*S.H.*, p. 54), croit lui aussi pouvoir retrouver la vigueur de sa jeunesse par l'entremise de ce futur inespéré :

« J'suis pas bon à grand-chose, mais je peux faire la cuisine, et soigner les poulets, et piocher un peu le jardin » (*S.H.*, p. 114).

On peut s'étonner de la nature passéiste de cet idéal agrarien qui fait la trame de *Des souris et des hommes*, écrit en 1937, à l'heure où la physionomie du pays se transforme sous la poussée du capitalisme et de ses déboires, telle la Dépression des années trente. Insensibles aux bouleversements du paysage social, Lennie et George gardent en eux les images d'un monde d'avant la fermeture de la « frontière[6] », où chaque individu avait la possibilité de réaliser son idéal de cultiver son lopin de terre.

En un combat douteux (1936), abordait la question du communisme, mais *Des souris et des hommes* apparaît comme une œuvre quelque peu anachronique ou peut-être détachée de l'histoire. En choisissant ce thème américain tourné vers le passé, Steinbeck s'éloigne encore du reportage pour couler son texte dans le discours mythique, celui qui fonde les aspirations et

6. Cf. l'ouvrage classique de Frederick J. Turner, *The Significance of the Frontier in American History*, (1894), qui a formulé la notion de « frontière », ligne de séparation entre la civilisation et la terre sauvage, dont il a fait un mythe fondateur de l'Amérique. Voir Dossier, p. 159-164.

les désillusions d'un peuple sans égard pour la réalité concrète du moment.

Mais ce rêve est condamné, et c'est Crooks, celui qui lit des livres et réfléchit, qui l'énonce (Candy : « Il lit tout le temps. Il a des livres dans sa chambre », *S.H.*, p. 57). Le seul qui rende explicite le lien entre le rêve impossible de posséder un morceau de terre formulé par tous les ouvriers saisonniers et le paradis promis par la Bible, c'est le palefrenier noir qui, de par sa position d'exclu, peut se permettre d'observer les autres avec un certain recul :

« Ils viennent, et, le travail fini, ils s'en vont ; et chacun d'eux a son petit lopin de terre dans la tête. Mais y en a pas un qu'est foutu de le trouver. C'est comme le paradis. Tout le monde veut un petit bout de terrain. Je lis des tas de livres ici. Personne n'va jamais au ciel, et personne n'arrive jamais à avoir de la terre. C'est tout dans leur tête. Ils passent leur temps à en parler, mais c'est tout dans leur tête » (*S.H.*, p. 138).

Devant l'attaque sauvage de la femme de Curley, qui menace de le dénoncer s'il ne reste pas à sa place de « nègre » (« J' pourrais te faire pendre à une branche d'arbre si facilement que ça ne serait même pas rigolo », *S.H.*, p. 147), Crooks est anéanti. Le vocabulaire dépasse en abstraction ce qui est accessible aux hommes du ranch, désignant par là une voix narrative extérieure à ce monde :

« Crooks était réduit à rien. Il n'avait plus

John Steinbeck, 1958. Ph. © E. Hartmann/Magnum.

ni personnalité ni moi, rien qui pût éveiller ni sympathie ni antipathie » (*S.H.*, p. 147).

Des commentaires de ce type sont rares dans ce roman où Steinbeck tente de maintenir une distance avec les personnages en évitant le plus possible les interprétations.

Accablé d'insultes, le Noir se soumet : « Ce qu'elle dit est vrai » (*S.H.*, p. 149). Après cet assaut verbal qui le ramène brutalement à la réalité de sa condition et de son isolement, il abandonne, résigné, l'éventualité de vivre sur cette ferme mythique :

« — Tu t' rappelles ce que j'ai dit, au sujet de piocher et des petits ouvrages ?

— Oui, dit Candy, j'me rappelle.

— Ben, oublie-le, dit Crooks. J'en pensais pas un mot. C'était de la blague. J'aimerais pas habiter un endroit comme ça » (*S.H.*, p. 151).

Tout le contexte porte à croire que la décision de Crooks de se retirer du projet est due à sa conscience aiguë de n'être qu'un paria, ce qu'il énonce en termes d'une simplicité bouleversante qui en disent plus long qu'un pamphlet contre le racisme :

« Si je dis quelque chose, ben, c'est juste un nègre qui parle » (*S.H.*, p. 133).

D'ailleurs, de par sa nature même, le rêve de Lennie et George semble voué à reproduire les inégalités sociales et non à créer un monde idéal. Certes ils auront de la crème et du saumon fumé, mais, dans ce non-lieu utopique, point de place pour les plus petits qu'eux, surtout s'ils sont étrangers, comme le « cuisinier japonais » (*S.H.*, p. 112), représentant typique de l'immigrant californien de fraîche date. De même, pour définir la supériorité du claque de Suzy comparé à celui de Clara, l'ouvrier blanc Whit parle d'exclusion :

« Mais, chez Suzy, c'est propre et y a de bons fauteuils. Et en plus, elle n'laisse pas entrer les Malais » (*S.H.*, p. 105).

II LA STRUCTURE DU ROMAN

Des souris et des hommes est un exemple de fusion réussie entre deux genres : le roman et le théâtre. L'édition française qui fait des six épisodes de véritables chapitres[7] accentue le caractère romanesque de cette longue nouvelle. L'alternance de passages descriptifs et de dialogues, et enfin l'adéquation entre la brièveté du « temps raconté » (du vendredi midi au dimanche, fin d'après-midi) et la concision du texte (moins de cent pages dans l'original), autrement dit la « vitesse du récit[8] », donnent à l'ensemble la force incisive d'un drame antique, dont le dénouement est tout entier contenu dans son origine.

Steinbeck a voulu cette économie de moyens et ce rapprochement avec le théâtre qui s'est d'ailleurs concrétisé par une adaptation théâtrale dès la parution du roman en 1937. Dans une mise en scène de George Kaufman, la première de la pièce a eu lieu le

7. Steinbeck n'indique pas de découpage en chapitres. Il se contente de sauter une ligne pour marquer le passage à un autre lieu ou un autre temps.

8. Gérard Genette, *op. cit.*, chapitre « Durée ».

23 novembre 1937 au Music Box Theater de New York. Les rôles de George et de Lennie étaient tenus par Wallace Ford et Broderick Crawford respectivement, et Claire Luce jouait la femme de Curley[9].

9. Sur le succès de la pièce et les autres adaptations de *Des souris et des hommes*, voir Dossier p. 191-192 et p. 173-182.

Ainsi qu'il l'a exposé dans un article d'une revue de théâtre (*The Stage*, 15 janvier 1938), *Des souris et des hommes* était « une expérience, un effort vers la confection d'un roman qui pourrait être transporté tel quel sur la scène ou d'une pièce qui pourrait être lue comme un roman ». D'après lui, une pièce écrite de cette façon présenterait des avantages évidents : lecture facilitée par l'absence d'indications scéniques, descriptions détaillées propres au roman pour aider le metteur en scène à visualiser les scènes, unité de ton. Si le texte était lu comme un roman, il aurait pour seul défaut sa brièveté. Mais pour Steinbeck, s'astreindre à écrire un roman en pensant au théâtre obligeait l'auteur à ne jamais perdre de vue son argument principal et à éviter les digressions.

Le caractère expérimental de ce roman est confirmé par Steinbeck dans sa correspondance. Sur une carte postale datée de 1936 il confie à un ami : « J'utilise une batterie de techniques qui sont nouvelles pour autant que je sache, mais j'ai tellement de lacunes que cela peut déjà avoir été fait. [...] Ce n'est pas la méthode en soi qui m'intéresse, mais c'est d'avoir un véhicule qui colle exactement à mon thème « (*L.*, p. 124).

La structure même du récit contribue à créer une dynamique qui semble mener irrémédiablement au dénouement.

A. AMORCES

Steinbeck joue beaucoup des parallélismes, et des répétitions. Il crée dans l'ensemble du roman aussi bien que dans les épisodes particuliers des phénomènes d'échos qui invitent à rapprocher des passages apparemment distincts.

Il y a quelque chose d'implacable dans cette marche vers le désastre final et ce court roman est parsemé d'éléments préfigurant la fin.

Gérard Genette appelle *amorces* ces « germes », « simples pierres d'attente sans anticipation, même allusive, qui ne trouveront leur signification que plus tard et qui relèvent de l'art tout classique de la "préparation" ». Reprenant la métaphore barthésienne du récit comme germination, G. Genette précise : « À la différence de l'annonce, l'amorce n'est donc en principe, à sa place dans le texte, qu'un "germe insignifiant", et même imperceptible, dont la valeur de germe ne sera reconnue que plus tard et de façon rétrospective[10]. »

---

10. Gérard Genette, *op. cit.*, p. 112.

Dès qu'apparaissent les deux acteurs principaux de ce drame, George, petit homme vif, et Lennie, géant un peu simple d'esprit, des *amorces* de problèmes à venir sont posées. Ainsi le goût maladif de Lennie pour les souris qu'il aime caresser et qu'il tue « sans malice » (« L'embêtant, avec les souris, c'est que tu les tues toujours », *S.H.*, p. 45), est révélateur de son incapacité à contrôler sa force et annonciateur de catastrophes à venir. En effet, il commence par broyer la main de Curley, fils du patron et mari de la seule femme du ranch (*S.H.*, p. 120), puis il tue un petit chiot à force de caresses (*S.H.*, p. 162). Ces manifestations de force surhumaine préfigurent la scène où Lennie tue la femme de Curley qui lui avait naïvement proposé de toucher à sa chevelure soyeuse (*S.H.*, p. 164). C'est ce crime qui déterminera la fin de Lennie.

À deux reprises, George fait allusion à ce qui s'est passé à Weed, ville de Californie, à la frontière de l'Oregon où ils étaient employés comme ouvriers agricoles avant d'arriver à Salinas. La première fois (*S.H.*, p. 37) George se contente de rappeler à Lennie qu'ils en ont été chassés et qu'il doit donc éviter de commettre la même erreur (dont le lecteur ne connaît pas la teneur). La deuxième fois George raconte tout l'épisode à Slim, son confident au ranch :

« Ben, il a vu une gonzesse en robe rouge. Le sacré couillon, il veut toucher tout ce qui lui plaît » (*S.H.*, p. 89).

Prévenu que Lennie a tendance à serrer trop fort ce qu'il trouve attirant et doux au toucher, le lecteur ne peut que redouter le pire lorsqu'à l'avant-dernier chapitre la jeune femme habillée en rouge s'approche de lui.

La mort du chien du vieux Candy au milieu du livre (chapitre III) sera vue rétrospectivement comme préfigurant la mort de Lennie, abattu par George avec la même arme, un Luger.

La remarque de George à propos de la

femme de Curley (« C'est un piège tout tendu pour ceux qu'aiment la prison », *S.H.*, p. 104), prend une résonance sinistre lorsque est atteint le dénouement, sorte de piège refermé sur Lennie.

B. FUGUE : LE PARADIS PERDU

La composition du roman évoque l'art de la fugue : on peut retrouver dans le roman la reprise du sujet et du contre-sujet, l'alternance des voix dans des épisodes qui forment un contrepoint avec le thème central. Annoncé par la magnifique scène d'exposition qui dépeint un paysage de paix dans une nature paradisiaque, le thème du paradis perdu est régulièrement repris dans tout le roman en *sujet* : lorsque George et Lennie rêvent tout haut de la ferme qu'ils s'imaginent pouvoir posséder un jour.

Le rêve de Lennie et George est le fil conducteur de ce récit fait d'épisodes qui seraient simplement juxtaposés s'ils n'étaient reliés par ce paysage imaginaire. George est chargé par Lennie de prononcer ce texte qui est au rêve diurne ce que le conte de fées est au rêve nocturne, c'est-à-dire pour reprendre l'expression de Jean Bellemin-Noël une « *bénédiction* : un bien-dit qui devient un bienfait[11] » ; ces mots toujours les mêmes, que Lennie connaît par cœur, il faut que ce soit George qui les prononce pour les faire exister. Leur simple profération au rythme d'une incantation leur donne ce pouvoir évocatoire qui permet à de simples

11. Jean Bellemin-Noël, *Les Contes et leurs fantasmes*, Paris, P.U.F., 1983, p. 13.

ouvriers agricoles de se voir autrement et surtout *ailleurs*. Véritable *alibi* de leur vie, le rêve dessine un monde protégé où la terre serait à eux, et produirait du superflu sans effort. Dès le premier épisode Lennie et George se livrent à ce rituel, avec George dans le rôle du récitant :

« — Ben voilà. Un jour on réunira tout not' pèze, et on aura une petite maison et un ou deux hectares et une vache et des cochons et...

— On vivra comme des rentiers, hurla Lennie. Et on aura des lapins. Continue, George. Dis-moi ce qu'on aura dans le jardin, et des lapins dans les cages, et la pluie en hiver, et le poêle, et la crème sur le lait qui sera si épaisse qu'on pourra à peine la couper. Raconte-moi tout ça, George » (*S.H.*, p. 48).

En anglais, le *leitmotiv* du rêve — « on vivra comme des rentiers » — est plus concret et plus musical à la fois : « An "live off the fatta the lan". » (Mot à mot : vivre grassement, « off the fat of the land », c'est-à-dire des surplus de la terre — vision d'abondance qu'ils concrétisent par la crème sur le lait tellement épaisse qu'elle est difficile à couper.) La même image est reprise, plus loin, lors d'une autre évocation de cette ferme paradisiaque :

« Peut-être bien qu'on aurait une vache ou une chèvre, et de la crème si épaisse qu'il faudrait la couper au couteau et la prendre avec une cuillère » (*S.H.*, p. 111).

Au fur et à mesure des répétitions, le rêve prend des contours plus nets, et la ferme, dont les dimensions s'agrandissent, est décrite comme si elle était proche et visible :

« Lennie dit :

« — Parle-moi de cet endroit, George.

« — Je t'en ai parlé, pas plus tard qu'hier soir.

« — Allons... dis-moi encore, George.

« — Ben, y a cinq hectares, dit George. Y a un petit moulin à vent, une petite maison et un poulailler. Y a une cuisine, un verger, des cerises, des pommes, des abricots, des noix, quelques fraises. Y a un coin pour la luzerne, et de l'eau tant qu'on en veut pour l'arroser. Y a un toit à cochons... » (*S.H.*, p. 110-111).

Juste avant l'exécution de Lennie par George, le rituel se transforme en rite funèbre et ces paroles autrefois chargées d'espoir résonnent comme un glas :

« — Allons, dit Lennie. Comment que ça sera ? On aura une petite ferme.

« — On aura une vache, dit George. Et on aura peut-être bien un cochon et des poulets... et, dans le champ... un carré de luzerne...

« — Pour les lapins, hurla Lennie.

« — Pour les lapins, répéta George.

« — Et c'est moi qui soignerai les lapins.

« — Et c'est toi qui soigneras les lapins. Lennie gloussa de bonheur.

« — Et on vivra comme des rentiers.

« — Oui » (*S.H.*, p. 187).

Le pathétique de la scène vient du jeu de reprises et de refrains qui ôte au dialogue toute valeur de communication pour le transformer en une sorte de bourdon lugubre.

C. LE TITRE

Comme le fait remarquer le traducteur Maurice-Edgar Coindreau (*S.H.*, p. 22), l'expression « Des souris et des hommes » est empruntée au poète écossais du XVIIIe siècle, Robert Burns, auteur du poème « À une souris » : « The best laid schemes o'mice an' men gang aft a-gley » (« Les plans les mieux conçus des souris et des hommes souvent ne se réalisent pas »).

Le titre choisi initialement par Steinbeck, « Something that happened » (« Quelque chose qui s'est passé »), insistait sur le caractère banal d'un événement survenu sans cause ni raison. Il maintenait le récit dans les limites strictes de l'anecdotique et du particulier, tandis que le titre finalement retenu lui confère une dimension énigmatique et universelle. Cependant, le titre provisoire mérite d'être gardé en mémoire : il souligne la volonté de Steinbeck de ne pas moraliser la narration et de faire de son roman le récit nu et brut de faits humains, sans jugement de la part de la voix narrative, programme qu'il a maintenu malgré le changement de titre.

Le titre définitif, « Des souris et des hommes », attire l'attention sur les animaux réellement présents dans le roman (les souris bien sûr, mais aussi les chevaux, les chiens, la chienne et les lapins) et induit un rapprochement nécessaire entre deux mondes en apparence séparés, celui des humains et celui des animaux.

En français, dans le titre « Des souris et des hommes », « des » se prête à plusieurs interprétations. Si l'on est latiniste, on pensera au « De viris illustribus » où le « de » signifie « au sujet de » ; sinon on verra un article indéfini comme s'il s'agissait d'un livre traitant d'un échantillon de souris et d'hommes. En revanche, en anglais la préposition « of » (« Of Mice and Men ») évoque le génitif et suggère bien qu'il s'agit d'une phrase tronquée, et en l'occurrence d'un fragment de citation.

III LA COMPOSITION DRAMATIQUE

Ce roman court structuré avec la rigueur d'un enchaînement tragique tire sa force de sa composition rigoureuse. L'art de Steinbeck consiste à imposer à un roman réaliste les règles du théâtre classique : unité de lieu (un ranch de Californie), de temps (trois jours du vendredi au dimanche) et de ton (la « technique objective »).

A. LES LIEUX

À l'exception du décor naturel des premier et dernier chapitres, tout le récit se déroule dans le « ranch » où Lennie et George sont venus solliciter un emploi comme ouvriers agricoles.

Les scènes d'intérieur se partagent entre deux lieux clos : le baraquement (chapitres II et III) et l'écurie (chapitres IV et V). Si l'on

La maison de J. Steinbeck à Los Gatos, construite à l'époque où il écrivait *Des souris et des hommes*. Sur le portail d'entrée, plaque en bois faite par lui. Ph. © 1983 Richard L. Allman.

« Il y a un sentier à travers les saules et parmi les sycomores, un sentier [battu par les enfants qui descendent des ranches pour se baigner dans l'eau profonde], battu par les vagabonds qui, le soir, descendent de la grand-route, fatigués, pour camper sur le bord de l'eau. »
Les berges de la rivière Salinas au Sud de Soledad.
Ph. © 1983 Richard L. Allman.

« D'un côté de la rivière, les versants dorés de la colline montent en s'incurvant jusqu'aux masses rocheuses des monts Gabilan. »
La vallée de la Salinas du côté des montagnes de Sainte-Lucie. Ph. © 1983 Richard L. Allman.

devait attribuer une lettre à chaque décor, a : la nature, b : le baraquement et c : l'écurie, le récit pourrait se scander ainsi : abb cca. Une telle symétrie et une telle simplicité contribuent à donner à ce récit une légèreté d'ossature qui fait ressortir le caractère nécessaire de chaque personnage, de chaque épisode et de chaque détail. Tous participent à une architecture épurée marquée par un principe d'économie.

Chaque épisode (ou chapitre dans l'édition française) adopte une composition de type dramatique, tout en utilisant les ressources de la prose romanesque. La méthode de Steinbeck est la même dans tous les chapitres : il commence par planter le décor avant de tracer un portrait physique du personnage qu'il introduit pour la première fois. Puis ce personnage se meut dans le décor pour y prendre sa place. L'atmosphère évoquée en même temps que le décor donne aux paroles prononcées une densité particulière. Ainsi le premier dialogue entre Lennie et George est précédé d'une évocation de la nature et d'un portrait physique précis des deux hommes (*S.H.*, p. 30-31) ; de même pour Slim d'abord vu comme en gros plan avant d'être mis en situation (*S.H.*, p. 75).

Le premier tableau est écrit au présent comme pour donner la toile de fond du drame :

« À quelques milles au sud de Soledad, la Salinas descend tout contre le flanc de la colline, profonde et verte » (*S.H.*, p. 29).

Repérables sur une carte de géographie, ces noms de lieux à consonance espagnole établissent un ancrage référentiel réaliste : le cadre se situe au sud de la Californie, sur les berges de la rivière Salinas, au sud d'une petite ville, Soledad, à proximité des monts Gabilan. On trouve Soledad comme Salinas sur un atlas , au sud de Monterey, à l'intérieur des terres.

Un simple changement de temps grammatical — du présent au passé — introduit une rupture et marque le passage au temps du récit. Plus éloquente qu'une longue digression, cette brusque solution de continuité ouvre sur l'univers du récit, après en avoir décrit l'arrière-plan :

« Devant la branche horizontale et basse d'un sycomore géant, un tas de cendre atteste les nombreux feux de bivouac ; et la branche usée et polie par tous les hommes qui s'y sont assis.

« Au soir d'un jour très chaud, une brise légère commençait à frémir dans les feuilles » (*S.H.*, p. 30).

L'effet est encore plus saisissant en anglais car la première phrase au passé est elliptique : « Evening of a hot day started the little wind to moving among the leaves. » Le soir semble jouer le rôle d'agent dans cette animation naissante du paysage. La formule est étrange, et marque ainsi le changement de registre. Après une description d'ensemble (au présent) le texte se concentre sur un aspect du lieu en un temps particulier (au passé). Le paysage se fige alors pour laisser entrer deux êtres humains comme sur une scène de théâtre :

« Toute vie cessa pendant un instant, puis deux hommes débouchèrent du sentier et s'avancèrent dans la clairière, au bord de l'eau verte » (*S.H.*, p. 30).

B. LES TEMPS

Ce court roman ne bouscule pas la linéarité du déroulement chronologique : la fin du récit se situe trois jours après le début. Cette progression linéaire n'est jamais inversée et les seules entorses à l'ordre chronologique sont introduites par des retours en arrière parfois effectués dans les dialogues. Ainsi, dès le premier chapitre, la raison pour laquelle George et Lennie sont à la recherche d'un nouvel emploi d'ouvriers agricoles est évoquée de manière allusive, au présent, sous forme de rappel rétrospectif. C'est George qui, dans un accès de fureur contre Lennie, imite sa voix pour rappeler les circonstances de leur fuite :

« Il se mit alors à parler comme font les petites filles quand elles s'imitent les unes les autres.

« — J'voulais rien que lui toucher sa robe à cette fille... j'voulais rien que la caresser comme si c'était une souris... Comment foutre voulais-tu qu'elle sache que tu voulais rien que lui toucher sa robe ? [...]. Elle gueule et puis il faut que nous restions cachés toute la journée dans un fossé d'irrigation avec un tas de types à nos trousses. Et puis après, il a fallu se faufiler dans le noir et quitter le pays » (*S.H.*, p. 43-44).

L'utilisation du présent pour rapporter un événement passé a ici pour fonction de rendre plus « vraie » la scène décrite, mais le présent met aussi en relief le passé utilisé ensuite pour dépeindre leur déroute.

Le découpage temporel de l'histoire est facile à faire puisqu'il est indiqué précisément dans le texte, par des commentaires des personnages. Ainsi au chapitre III, l'un des ouvriers du ranch, Whit, exprime sa surprise et rappelle le jour d'arrivée de George et Lennie :

« — J'suppose que vous venez réellement pour travailler, tous les deux ?

« — Qu'est-ce que tu veux dire ? demanda George.

« Whit se mit à rire.

« — Ben, vous vous amenez un vendredi. Vous avez deux jours à travailler avant dimanche » (*S.H.*, p. 101).

Il s'ensuit une analyse où Whit explique le calcul du temps de travail le plus avantageux du point de vue de l'employé.

Mais c'est souvent une simple notation de la voix narrative qui indique le jour et le moment de la journée :

« C'était samedi soir » (*S.H.*, p. 128) ; « C'était dimanche après-midi » (*S.H.*, p. 155).

Il est aisé au lecteur de reconstituer le déroulement chronologique des événements : chapitre I : jeudi soir ; chapitre II : vendredi matin ; chapitre III : vendredi soir ;

chapitre IV : samedi soir ; chapitre V : dimanche après-midi ; le dernier chapitre a lieu le dimanche soir. L'action est donc concentrée sur une durée réelle très courte, ce qui fait ressortir la violence feutrée du dénouement, son caractère inexorable.

Mais le temps psychologique n'est pas toujours en harmonie avec le temps des horloges et la voix narrative sort parfois de sa neutralité pour désigner les pauses dans le récit. Un commentaire de type généralisant (au présent) souligne la valeur dramatique des arrêts apparents du temps :

« Comme il arrive parfois, les minutes s'attardèrent, durèrent bien plus que des minutes. Et tout bruit cessa, et tout mouvement cessa pendant quelques minutes beaucoup, beaucoup plus longues que des minutes.

« Puis, peu à peu, le temps se réveilla et reprit paresseusement son cours » (*S.H.*, p. 167-168).

Ce genre d'intrusion d'une voix extérieure à l'univers de l'histoire est suffisamment rare pour être d'autant plus remarquable. Steinbeck se permet très peu d'interventions de type interprétatif. La voix narrative vient parfois souligner un moment d'intensité psychologique, un moment de silence où les personnages eux-mêmes sont sans voix.

C. ÉCLAIRAGES

Fidèle à son projet de faire un roman comme une pièce de théâtre, Steinbeck manie tous les éléments du décor comme un metteur en scène de théâtre qui soulignerait le jeu des comédiens par des mouvements de projecteurs.

Ainsi le moment de la journée est indiqué par la hauteur du soleil, dont on suit le trajet d'après la forme du flot de lumière qui pénètre dans le baraquement.

« Il était environ dix heures du matin. À travers une des fenêtres latérales, le soleil dardait un rayon lumineux chargé de poussière. Des mouches le traversaient comme des étoiles filantes » (*S.H.*, p. 54).

Hormis la précision de type réaliste qu'il apporte par cette indication concernant l'heure et l'intensité lumineuse, Steinbeck poétise ces détails en faisant de simples mouches de petits bolides évanescents comme des étoiles filantes.

En anglais les mots choisis par Steinbeck donnent une vigueur particulière à ce faisceau lumineux de même qu'aux insectes : « At about ten o'clock in the morning the sun threw a bright dust-laden bar through one of the side windows, and in and out of the beam flies shot like rushing stars ».

« Threw » (de « throw ») évoque le geste de jeter avec une certaine violence, catapulter ; « shot » (de « shoot ») et « rushing » dénotent la vitesse et la force. Dans les deux cas il y a une sorte d'inversion des signes puisque la lumière du soleil se solidifie en « bar » (« rayon » et « barre »), et « beam » (à la fois « faisceau » et « poutre » en anglais) tandis que les mouches, métamorphosées en étoiles filantes, se dissolvent dans l'air.

À mesure que la journée s'avance, le faisceau se transforme en carré (« Le carré de soleil était maintenant sur le plancher, et les mouches le traversaient comme des étincelles » *S.H.*, p. 69), avant de redevenir un fin trait lumineux lorsque le soleil baisse, (« Le soleil n'était plus qu'une raie mince sous la fenêtre », *S.H.*, p. 80).

Pour rendre compte de la progression temporelle le changement d'éclairage est précisé :

« Aux fenêtres le crépuscule posait encore des carrés lumineux » (*S.H.*, p. 89).

Non pas ouvertures sur l'illimité mais aperçus vers le dedans, les fenêtres reflètent le passage du temps et l'intensité des rayons de lumière sert à tracer le parcours solaire :

« Le soleil de l'après-midi filtrait des raies lumineuses sur le foin » (*S.H.*, p. 155).

Jamais gratuites, ces précisions sur les modifications des rayons lumineux contribuent aussi à créer des effets dramatiques. Ainsi, après la mort de la femme de Curley, le soleil baisse :

« Les rais de lumière se trouvaient maintenant très haut sur le mur, et, dans l'écurie, la lumière s'adoucissait » (*S.H.*, p. 166).

Accordée à l'atmosphère dramatique la lumière extérieure donne plus d'intensité à ce qui se passe à l'intérieur.

La lumière d'une lampe peut aussi réunir deux personnages en les isolant du reste du groupe : c'est le cas de George et de Slim.

Au chapitre III, un cône de lumière artificielle cerne la présence de George et de Slim, le roulier, comme sous l'effet d'un projecteur. L'atmosphère d'intimité de ce passage où George fait quelques confidences à Slim est donc mise en relief par ce contraste entre une lumière crue et le clair-obscur ambiant :

« Bien que la clarté du soir apparût aux fenêtres, l'intérieur du baraquement était sombre. [...] Slim et George entrèrent ensemble dans le clair-obscur de la chambre. Slim leva le bras au-dessus de la table à jeu et alluma l'ampoule électrique atténuée par un abat-jour de fer-blanc. Aussitôt, la table s'illumina, et, le cône de l'abat-jour rabattant tout droit la lumière, les coins de la chambre restèrent sombres » (*S.H.*, p. 85).

C'est seulement après cette mise en place minutieuse des accessoires nécessaires à une meilleure représentation visuelle de la scène qu'un échange verbal a lieu entre les deux hommes.

Ainsi braquée sur eux à la manière d'un projecteur, la lumière englobe ces deux hommes réunis ici pour la première fois. Pourquoi avoir si fortement marqué leur rencontre si ce n'est peut-être pour préparer implicitement à leur réunion à la fin du roman, c'est-à-dire après la fin du drame proprement dit. Lorsque les hommes retrouvent enfin George auprès du corps de Lennie qu'il vient d'abattre, Slim se rapproche de lui : « Slim vint tout droit vers George et s'assit près de lui, tout près de lui » (*S.H.*, p. 189). Ils s'éloignent ensuite ensemble, laissant le reste du groupe à l'écart.

D. CADRES

Les notations concernant l'éclairage ne sont pas seulement destinées à indiquer le moment de la journée, ou l'atmosphère suggérée par le lieu, elles installent une sorte de cadre autour du personnage ainsi désigné d'abord en négatif, avant d'être « révélé » au grand jour. L'arrivée de la femme de Curley est présentée comme l'obturation d'une source lumineuse :

« Les deux hommes levèrent les yeux car le rectangle de soleil de la porte s'était masqué. Debout, une jeune femme regardait dans la chambre » (*S.H.*, p. 72).

Le caractère intrusif et dérangeant de cette apparition n'est pas analysé en profondeur, mais projeté sur une surface lumineuse. Le choc psychologique de l'arrivée de cette femme est donc transposé sur le mode visuel. Steinbeck ne nous livre pas ce que ressentent les personnages mais ce qu'ils voient.

De manière tout à fait semblable, Lennie surgissant soudain sur le seuil de la sellerie est perçu par le palefrenier noir Crooks comme un importun :

« Sans bruit, Lennie apparut sur le seuil de la porte ouverte, et il resta là, debout, à regarder, ses larges épaules emplissant presque toute l'ouverture. Crooks fut un

Frederick E. Church : *Crépuscule dans la nature sauvage*, 1860.
Ph. © Museum of Art, Cleveland, Ohio.

moment sans le voir, mais, levant les yeux, il se raidit et son visage prit une expression contrariée » (*S.H.*, p. 129).

Les personnages sont ainsi presque toujours présentés d'abord dans l'embrasure d'une porte (celle du baraquement ou celle de l'étable) du point de vue des autres placés à l'intérieur.

Faire d'un personnage le centre d'attention en le plaçant dans l'encadrement d'une porte peut se comparer à la manière théâtrale d'amener un personnage sur scène. Leur manière même de franchir le seuil ou de se tenir dans l'ouverture sert en outre à donner d'eux une image qui supplée à l'absence de portrait psychologique.

Ainsi le fils du patron, Curley, trahit une sorte de bouillonnement désordonné par sa manière d'entrer brutalement dans la pièce : la deuxième fois qu'il apparaît, il entre ainsi : « et tous deux se dirigèrent vers la porte. Au moment où ils l'atteignaient, Curley entra en coup de vent » (*S.H.*, p. 79-80).

Mari jaloux toujours à la poursuite de sa femme qui lui échappe, Curley fait des entrées remarquées : « Curley, très agité, entra dans la chambre » (*S.H.*, p. 106).

Dans le premier exemple, l'anglais « Curley bounced in » est plus physique que la formule choisie pour la traduction (« entra en coup de vent ») qui évoque un homme pressé. Littéralement Curley entre comme une balle qui bondit ou rebondit.

Dans le deuxième exemple aussi l'anglais donne une expression plus concrète à sa manière de se déplacer dans l'espace : « Curley burst into the room excitedly », mot à mot : il fait irruption dans la pièce, comme par effraction.

Par contraste, sa femme apparaît dans l'ouverture de la porte sans fracas, et elle se retrouve encadrée comme un tableau vivant. Nous avons déjà évoqué le changement de la tache lumineuse sur le sol qui signalait sa première apparition. La deuxième fois qu'elle rend visite aux hommes du ranch, c'est chez Crooks, le samedi soir quand il ne reste que les plus faibles (« Ils ont laissé ici tous ceux qu'étaient pas forts », *S.H.*, p. 142). Elle se manifeste en posant une question :

« — Dites, les gars, vous auriez pas vu Curley, l'un de vous ?

« Ils tournèrent la tête vers la porte. La femme de Curley les regardait. [...] Elle était toujours sur le seuil » (*S.H.*, p. 142).

Elle s'en va aussi de manière furtive :

« Elle s'éclipsa par la porte et disparut dans l'obscurité de l'écurie » (*S.H.*, p. 149), et cette façon qui lui est propre de se déplacer sans bruit (comme une souris ?) attire une remarque de Candy : « Bon Dieu, elle peut s'défiler en vitesse, la femme à Curley. M'est avis qu'elle en a l'habitude » (*S.H.*, p. 149).

L'anglais souligne autant l'absence de bruit que la vitesse de ses déplacements : « Jesus Christ, Curley's wife can move quiet. I guess she had a lot of practice though. »

La même idée est reprise au cours de l'épisode

fatal où elle rencontre Lennie dans l'écurie : elle s'approche furtivement de lui et le surprend alors qu'il tente de cacher dans le foin le chiot qu'il vient de tuer : « La femme de Curley apparut au coin de la dernière stalle. Elle s'approcha si doucement que Lennie ne la vit pas » (*S.H.*, p. 157).

L'adjectif « quiet » (à la fois, absence de bruit et de mouvement) cède la place à l'adverbe, « quietly » : « Curley's wife came around the end of the last stall. She came very quietly, so that Lennie didn't see her. »

En insistant sur les déplacements silencieux de la femme de Curley, Steinbeck induit l'équivalence entre la femme et une souris, ce qui ne laisse rien présager de bon lors de la rencontre avec Lennie.

N.B. : De même qu'en français familier une « souris » désigne une femme, « mouse » veut dire la même chose en argot américain.

C'est ainsi par excès de discrétion dans ses apparitions, qui sont par ailleurs rien moins que discrètes, que la femme de Curley sera prise au *piège*. Un jeu de mots implicite semble parcourir le roman car « frame » signifie l'embrasure, le cadre, mais aussi le piège, le traquenard. Ce deuxième sens, plus familier, est d'ailleurs utilisé par Candy, lorsque la femme de Curley provoque le palefrenier noir Crooks et le menace de raconter sur lui des histoires qui le fassent lyncher :

« "If you was to do that, we'd tell", he said quietly. "We'd tell about you framin' Crooks." »

Ce qui correspond en français à :

« — Si jamais vous faisiez ça, on parlerait, nous autres, dit-il calmement. On raconterait que c'était un coup monté » (*S.H.*, p. 148).

Ainsi lorsque l'on aperçoit George dans l'embrasure de la porte, on ne peut s'empêcher (dans la langue originale du moins) de le voir lui aussi pris dans un engrenage inexorable : « In a second George stood framed in the door » (« Une seconde après George apparaissait dans l'encadrement de la porte » *S.H.*, p. 150).

E. LES SONS

Toutes les scènes (qui ont lieu à l'intérieur d'un espace clos) sont ponctuées par des bruits venus de l'extérieur. Ainsi, le premier jour passé au ranch par George et Lennie est scandé par les bruits du dehors qui représentent les phases de déroulement d'une journée de travail normale :

« Le bruit des chars à grains s'amplifiait, piétinement des lourds sabots sur le sol durci, grincement des freins, tintement des chaînes de traits. Les hommes s'interpellaient d'un attelage à l'autre » (*S.H.*, p. 70).

Plus tard, les hommes se lavent, mais Lennie et George ne participent pas à cette activité liée à une tâche qu'ils n'ont pas encore accomplie du fait de leur arrivée tardive au ranch :

« Dans le lavabo voisin on entendait des bruits d'eau courante et de cuvettes remuées. George étudiait ses cartes » (*S.H.*, p. 75).

Comme souvent, le même détail peut s'interpréter à plusieurs niveaux à la fois ; sur le plan de la réalité référentielle, ces bruits d'eau évoquent la fin de la journée de travail d'hommes qui ont transporté du foin et de l'orge sous un soleil brûlant et ont besoin de se rafraîchir. Cette précision permet d'ailleurs de situer les personnages en peu de mots, puisqu'il suffit que Steinbeck mentionne les cheveux humides de Slim pour nous faire comprendre que Slim revient du travail.

Sur un plan symbolique, l'eau évoque aussi la purification. La remarque en apparence absurde de George : « On devrait peut-être aller se laver, dit-il. Mais nous n'avons rien fait pour nous salir » (*S.H.*, p. 75) peut bien sûr se lire comme le constat de leur désœuvrement. Comme ce passage vient à la suite de la visite de la femme de Curley, il est possible d'y entendre en outre l'écho affaibli d'un regret de George qui aurait peut-être envisagé de « se salir » avec la femme de Curley.

Le soir, les hommes se détendent en jouant et au lieu de nous montrer une partie de fers à cheval (qui consiste à lancer des fers le plus près possible d'un but fiché en terre), Steinbeck en évoque le cliquetis :

« Par la porte ouverte on entendait le bruit sourd et, par instants, le tintement d'une partie de fers à cheval. De temps à autre, des voix s'élevaient pour approuver ou critiquer » (*S.H.*, p. 85).

Au-delà de la simple notation de type documentaire, ce détail participe de la délimitation de deux espaces bien distincts, celui de l'extérieur (la vie du ranch avec les occupations quotidiennes des hommes) et celui de l'intérieur (lieu du dialogue et du repos). La coupure est accentuée par le cône de lumière qui isole Slim et George et les réunit dans un même espace visuel. C'est alors que George fait quelques confidences à Slim, et les bruits extérieurs sont un rappel discret de la présence d'un monde réel en dehors de ce lieu d'intimité :

« On entendit un fer tinter contre la fiche de métal et quelques cris d'approbation » (*S.H.*, p. 86).

« Au-dehors, les fers heurtaient le sol avec un bruit sourd. » (*S.H.*, p. 88-89).

Le vieux Candy fait d'ailleurs remarquer leur absence de participation au jeu collectif, ce qui met encore l'accent sur cette rencontre préfigurant la scène finale :

« — Bonsoir, Slim ; bonsoir, George. Vous n'jouez pas aux fers, vous deux ?

« — J'aime pas jouer tous les soirs, dit Slim » (*S.H.*, p. 92-93).

De la même manière, mais en accentuant la séparation entre l'intérieur et l'extérieur, lorsque la femme de Curley parle avec Lennie dans l'écurie (au chapitre v), elle lui fait d'abord remarquer les bruits des hommes qui jouent au fer à cheval comme signe qu'ils ne seront pas dérangés :

« — Écoute, dit-elle. Tout le monde est à jouer aux fers. Il est à peine quatre heures. Ils font un concours. Personne ne partira. Pourquoi donc que je te causerais pas ? » (*S.H.*, p. 158).

« — Aie pas peur de me causer. Écoute-les qui gueulent, là-bas. Y a quatre dollars d'enjeu dans ce concours. Ils n's'en iront pas avant que ça soit fini » (*S.H.*, p. 160).

Le fait que ce soit toujours la femme de Curley qui fasse allusion aux bruits du dehors aggrave l'impression que Lennie reste muré dans son obsession (il vient de tuer le petit chien et imagine le châtiment que va lui infliger George), tandis que la femme de Curley est toujours reliée à la vie par ce fil sonore :

« Lennie poussa un profond soupir. Au-dehors, un fer tinta sur le métal et des acclamations s'élevèrent.

« — Y en a un qu'a encerclé la fiche, dit la femme à Curley » (*S.H.*, p. 162).

Ni dedans ni dehors, la femme reste sur la lisière avant de basculer dans le néant. Attachée à la vie par les activités ordinaires du monde extérieur dont elle perçoit le bruit, elle est néanmoins attirée par le mystère de cet homme différent qui se trouve à l'intérieur de l'étable. Symboliquement, en franchissant ce seuil elle signe son arrêt de mort. Dehors elle était insatisfaite, dedans elle meurt de sa curiosité. L'entre-deux, la *médiocrité* (au sens étymologique de « moyenne ») était, semble nous dire Steinbeck, sa seule chance de survie.

De même qu'il n'écoute pas les confidences de la femme de Curley qui lui dévoile ses rêves de gloire au théâtre ou à Hollywood, Lennie n'entend pas les bruits du monde réel, et quand il les entend c'est pour revenir à lui et sortir de son état de demi-stupeur :

« Des cris d'hommes et le double tintement de fers sur le métal retentirent au-dehors. Pour la première fois, Lennie prit conscience du monde extérieur » (*S.H.*, p. 166).

Lorsque le crime est consommé (après que Lennie a rompu les vertèbres cervicales de la jeune femme), les sons se fondent dans l'atmosphère de paix qui envahit l'écurie :

« Tout était calme dans l'écurie, et le calme de l'après-midi régnait sur le ranch. Même le tintement des fers lancés, même les voix des joueurs semblaient s'apaiser » (*S.H.*, p. 167).

En anglais, la répétition de « quiet » semble donner plus de gravité encore à l'instant de par le sens plus riche de « quiet » (absence de mouvement et de bruit tout ensemble), mais aussi par le balancement de la phrase qui se termine sur « quiet » accentué par l'intonation de la phrase en anglais : « It was very quiet in the barn, and the quiet of the afternoon was on the ranch. Even the clang of the pitched shoes, even the voices of the men in the game seemed to grow more quiet. »

Le silence est ici un silence de mort qui enveloppe les lieux comme un linceul. Enfouie dans le foin la femme morte ne bouge plus ; les lieux semblent frappés de paralysie :

« Et tout bruit cessa, et tout mouvement cessa » (*S.H.*, p. 167).

Une fois écoulées, ces minutes où le temps semble suspendu, la reprise de l'activité est seulement signalée par le changement d'intensité sonore :

« Au-dehors, les voix des hommes se firent plus hautes, plus claires » (*S.H.*, p. 168).

De même, à la fin de l'épisode, la réaction des hommes du ranch (après le meurtre de la jeune femme assassinée par Lennie) est indiquée par des manifestations extérieures, sans explication de la voix narrative :

« Au-dehors, le bruit de la partie cessa. Des voix s'élevèrent ; on discutait. Puis ce fut un martèlement de pieds, et les hommes firent irruption dans l'écurie » (*S.H.*, p. 172).

La réaction des hommes est due à l'annonce du meurtre de la femme de Curley, ce qui n'apparaît pas dans le texte et doit être déduit par le lecteur.

La fin du récit utilise le même procédé indirect pour souligner la tension montante lorsque George se retrouve seul en présence de Lennie, qui va être exécuté. Les voix extérieures, d'abord lointaines, semblent signifier que George a gagné du temps sur les autres, tandis que les voix qui se rapprochent sont synonymes de la fin de Lennie :

« Des voix d'hommes qui s'interpellaient retentirent au loin. George tourna la tête et écouta les cris » (*S.H.*, p. 184).

Puis :

« Et, de nouveau, les voix des hommes retentirent, beaucoup plus près cette fois » (*S.H.*, p. 186).

Ces passages sont à rapprocher des moments où George et les autres évoquent leur rêve de posséder un lopin de terre à eux, et où l'évocation du rêve est interrompue par l'arrivée d'autres compagnons du ranch, ainsi au chapitre III :

« Au-dehors des voix s'approchaient. George dit rapidement :

« — Ne dites rien à personne. Rien que nous trois et personne d'autre » (*S.H.*, p. 117).

Steinbeck utilise les bruits pour rappeler non seulement aux personnages mais aussi au lecteur la présence d'un monde extérieur : la scène d'intérieur qui vient de se dérouler se voit ainsi détachée, et c'est le son qui ramène au fil du récit.

Chez le palefrenier, le retour des autres est signalé par l'agitation des chevaux dans l'écurie voisine :

« Les chevaux s'ébrouèrent dans l'écurie et les chaînes tintèrent, et une voix appela :

« — Lennie, eh, Lennie ! T'es dans l'écurie ? » (*S.H.*, p. 149-150).

Comme les éclairages, les sons ont non seulement une fonction illustrative et décorative — ils donnent un corps lumineux et sonore à la vie du ranch. Mais ils jouent aussi un rôle dans la délimitation des espaces symboliques (dedans/dehors) et dans la structuration du récit fait d'une succession de tableaux reliés les uns aux autres par des transitions de type visuel ou acoustique.

IV LA TECHNIQUE OBJECTIVE

C'est Claude-Edmonde Magny qui, la première, dans son essai pionnier, *L'Âge du roman américain*, a mis en valeur l'influence du *behaviorisme* sur l'attitude du romancier américain face à la notion de personnage. La « technique objective » repose sur un « parti pris de tenir pour seul réel, dans la vie psychologique d'un homme ou d'un animal, ce qu'en pourrait percevoir un observateur purement extérieur[12] ». Associée aux noms de Hemingway et de Dashiell Hammett, cette technique romanesque influencée par le cinéma est celle qu'utilise Steinbeck dans *Des souris et des hommes*. La plupart des personnages sont vus de l'extérieur et surtout sont définis par leur physionomie, leurs paroles et leurs actes. Dans sa préface à l'édition Folio de *Des souris et des hommes* Joseph Kessel évoque cette manière de rester en deçà du mystère des êtres caractéristique des auteurs nord-américains :

« Ils ne décrivent jamais l'attitude et la démarche intérieures de leurs personnages. Ils n'indiquent pas les ressorts qui déterminent leurs actes. Ils évitent même de les faire penser » (*S.H.*, p. 7).

Sous l'influence de son ami E. F. Ricketts, spécialiste de biologie des fonds marins, qu'il rencontre dès 1930, Steinbeck fait l'apprentissage d'une pensée qui ne cherche pas à établir des causes mais à faire

12. Claude-Edmonde Magny, *L'Âge du roman américain*, Paris, Seuil, 1948, p. 50.

un constat des faits aussi objectif que possible. Après un voyage dans le golfe de Californie, Steinbeck publie *La Mer de Cortez* (1941), republié en 1951 sous le titre *The Log from the Sea of Cortez* (*Journal de la Mer de Cortez*) où il expose, surtout au chapitre XIV, l'essentiel de sa pensée non téléologique, qui peut se résumer en ces termes : « La pensée non téléologique s'intéresse essentiellement non pas à ce qui *devrait être*, ou *pourrait être*, ou encore à ce qui est *susceptible d'arriver*, mais plutôt à ce qui *est* effectivement » (*The Log*, p. 160). Les questions qu'il se pose ne sont donc pas « pourquoi », mais « quoi » ou « comment » .

L'équivalence de traitement réservée aux actions humaines et aux mouvements des animaux est la traduction littéraire de cette pensée.

Dans *John Steinbeck et Edward F. Ricketts*, R. Astro fait remarquer que l'influence de la pensée non téléologique de Ricketts sur ce livre apparaît moins dans les thèmes que dans la méthode utilisée pour conter l'histoire. Il cite Ricketts pour qui le terme non téléologique recouvre plus qu'une pensée : « Un *modus operandi* serait peut-être plus juste — une méthode de traitement des données de toutes sortes[13] » (p. 106).

---

13. Richard Astro, *John Steinbeck et Edward F. Ricketts, The Shaping of a novelist*, Minneapolis, The University of Minnesota Press, 1973, p. 106.

L'abrasion presque systématique du discours interprétatif, qui fait la marque du style de Hemingway, est caractéristique de ce roman, *Des souris et des hommes*, où tous les éléments sont traités avec la même absence de passion.

On ne sait des personnages que ce qui est vu et représenté en actes et en paroles. Au lieu de donner à lire des intentions ou des états d'âme, Steinbeck donne à voir un regard ou une attitude corporelle et à entendre un ton de voix. C'est ensuite au lecteur d'en déduire l'atmosphère ainsi sobrement indiquée.

A. LES ADVERBES

Les adverbes participent de cette économie du style. Sans jamais pénétrer à l'intérieur de la conscience de ces créatures, la voix narrative précise la nature de leur comportement, souvent par un simple adverbe, à la manière d'un metteur en scène qui indique par une didascalie comment l'acteur doit jouer son texte.

Le caractère insistant et systématique de la méthode est plus sensible en anglais grâce aux adverbes. La simple adjonction d'une terminaison en « -ly » permet en anglais de transformer un adjectif en adverbe comme avec le français « -ment » (qui vient du latin *mens, mentis* : « esprit », « disposition d'esprit », « intention », et signifie « de manière »). Si l'anglais est d'une grande concision, les adverbes français en « -ment » ont en revanche une réputation de lourdeur et sont la bête noire des traducteurs. Les remarques qui vont suivre visent à faire ressortir un aspect du style de Steinbeck difficile à préserver dans une autre langue : concision et précision grâce à des verbes au sémantisme très riche et à des adverbes qui, traduits littéralement, donneraient une impression pâteuse en français.

Pour décrire les regards, Steinbeck utilise les verbes anglais à la puissance descriptive très forte en leur adjoignant un simple adverbe ; or, le français doit recourir à une périphrase pour évoquer la même chose :

— « George scowled meaningfully at Lennie » (« Intentionnellement, George jeta un regard sévère à Lennie », *S.H.*, p. 59). La formule est plus ramassée et plus précise en anglais puisque la nature du regard désagréable et menaçant de « scowl » est précisée par l'adverbe « meaningfully », c'est-à-dire : avec la fonction (ou l'intention) de faire taire Lennie. « Comminatoire » serait peut-être un équivalent plus exact. En deux mots Steinbeck évoque l'attitude de George qui essaie d'empêcher Lennie de parler devant le patron, de peur qu'il ne révèle sa simplicité d'esprit. Un regard appuyé suffit à dépeindre l'atmosphère, et le lecteur a pour tâche d'interpréter lui-même sa signification.

— « Lennie stared helplessly at his hands » (« Lennie, navré, regardait ses mains », *S.H.*, p. 61). L'intensité exprimée en anglais est affadie par la traduction : « stare » c'est regarder fixement, et « helplessly » évoque, plutôt que « navré », un regard empreint de désarroi.

Comme dans l'exemple précédent, la tournure en anglais permet d'éviter toute glose psychologique pour se cantonner dans

« George, pourquoi qu'on n'va pas au ranch pour chercher à souper ? On donne à souper au ranch. »
Grant Wood : *Le repas des moissonneurs*, 1934. Museum of Art, San Francisco.
Ph. Edimedia © A.D.A.G.P., 1992.

« Demain on ira travailler. J'ai vu des machines à battre en venant. Ce qui prouve qu'il faudra charrier des sacs de grains, se faire péter les boyaux. »
A. Pyle : La récolte de maïs, 1943. Joslyn Art Museum, Omaha. Ph. © Edimedia. D-R.

la description d'un regard. C'est ainsi que Steinbeck reste fidèle à sa méthode qui garde aux êtres leur mystère en les montrant perçus de l'extérieur.

— De simples adverbes précisant une façon de marcher ou de regarder permettent à Steinbeck de camper un personnage avec finesse sans pour autant imposer une interprétation.

Le cas de Curley est révélateur. Il s'approche de Lennie avec circonspection : l'adverbe « gingerly » donne une idée d'extrême prudence, comme lorsqu'on dit de quelqu'un qu'il « marche sur des œufs ». Cet adverbe est d'autant plus saillant qu'il suit une description de Curley, les coudes repliés comme s'il se préparait à une bagarre. La traduction française modifie quelque peu le texte : « Curley, doucement, s'approcha tout près de lui » (*S.H.*, p. 64). Avec « gingerly » il n'y a pas d'idée de douceur mais de prudence et de méfiance, ce qui donne indirectement l'idée que Curley n'est pas rassuré malgré l'attitude belliqueuse trahie par sa gestuelle.

Steinbeck sélectionne un indice du comportement sans donner de synthèse. Ce qui doit être reconstitué par le lecteur c'est l'agressivité de Curley, teigneux, toujours prêt à se battre, mais pas téméraire (comme l'indique l'adverbe « gingerly »).

Un peu plus loin dans le même passage, Curley s'enhardit, ce qui se traduit par un changement dans sa manière de regarder Lennie. Très difficile à transposer en français, la concision de l'anglais permet ici de faire comprendre une évolution dans l'attitude de Curley : l'adverbe « levelly » implique qu'il ne se démonte pas, qu'il reste calme en se sentant à la hauteur de la situation. « Curley stared levelly at him », ce qui est rendu seulement par « Curley le regarda fixement » (*S.H.*, p. 65).

Ainsi, sans faire de digression ou de paragraphe explicatif, Steinbeck en dit long sur les fluctuations des rapports de force entre ces hommes.

Parfois l'adverbe remplit la fonction d'une simple indication scénique. Lorsque le patron du ranch rencontre pour la première fois ses deux nouvelles recrues Lennie et George, c'est George qui parle à la place de Lennie, et sa nervosité se manifeste dans sa façon de parler trop fort (pour masquer sa gêne) ou trop rapidement (pour empêcher Lennie de répondre directement) : « George broke in loudly » (« George s'écria d'une voix forte », *S.H.*, p. 60) ; « said George promptly » (« dit George rapidement », *S.H.*, p. 61).

De même qu'il ne s'appesantit pas sur les mouvements de conscience des personnages, Steinbeck les fait parler directement. Les paroles sont toujours rapportées dans des dialogues au discours direct, ce qui permet à Steinbeck à la fois de réduire au minimum les interventions de la voix narrative et de donner à la langue la couleur « authentique » du parler populaire des hommes de l'Ouest.

B. UNE LANGUE - VÉRITÉ

La langue, au même titre que les détails concrets de la vie du ranch, participe du souci manifesté par Steinbeck de respecter la vraisemblance.

Par toutes sortes de procédés orthographiques, Steinbeck suggère que les hommes du ranch parlent une variété d'anglais hors norme, non standard, comme il serait naturel pour des hommes sans éducation qui vendent leur force de travail physique.

Plusieurs constantes peuvent être relevées en anglais, qui en général n'apparaissent pas dans la traduction. Il ne s'agit pas pour nous de critiquer l'œuvre d'un traducteur pionnier qui a fait connaître de grands écrivains américains à la France, mais Maurice-Edgar Coindreau a parfois édulcoré le texte, sans doute pour éviter de donner un côté « paysans de Molière » à ces hommes de la frontière :

— l'élision des consonnes finales :
« jus », « an' », « showin' off », « tryin' », « gi' me », et des « h » aspirés : « let'im ».

— l'élision des consonnes initiales :
« 'em » pour « them », nine of 'em.

— l'ellipse du sujet : « got a nice stove »

— l'orthographe proche de la langue parlée où les mots s'agglutinent :
« outa here » pour « out of here »,
« off the fatta the land », pour « off the fat of the land »,
« gonna » pour « going to »,

« gotta » pour « got »,
« kinder » pour « kind of »,
« I dunno » pour « I don't know »,
« tomorra » pour « tomorrow » etc.

— transcription phonétique erronée :

« tenement » pour « tournament » (le tournoi),
« of » pour « have » : « I ought to of shot my dog », pour « I ought to have shot my dog »,

— constructions syntaxiques boiteuses (atténuées par la traduction française) :

• double négation :

« without no trouble », « j'n'aurais plus de difficultés pour soigner les lapins » (*S.H.*, p. 162)

• sujet pluriel avec un verbe singulier :

« we won't tell Curley you was here ».
« on n'dira pas à Curley que vous êtes venue ici » (*S.H.*, p. 147)

• présence d'un « s » inopportun à la terminaison d'un verbe :

« I'm gonna tell George what you says »
« Je répéterai à George ce que vous venez de dire » (*S.H.*, p. 146)

• passés fantaisistes des verbes irréguliers :

« throwed », au lieu de « thrown »,
« I done a bad thing », au lieu de « I did » ou « I have done » ,
« I've knew », au lieu de « I've known »,
« brang », au lieu de « brought »

• enchaînement d'auxiliaires modaux au mépris des règles de la syntaxe :

« I shouldn't ought to of let no stranger shoot my dog », au lieu de « I shouldn't have let any stranger shoot my dog »

Cette couleur de langue est perdue en français, qui n'a pour équivalent de ce genre de constructions erronées que l'absence de « ne » : « J'aurais pas dû laisser un étranger tuer mon chien » (*S.H.*, p. 118).

• auxiliaire modal suivi d'un verbe conjugué, au lieu de la base verbale :

> « coulda did that » (et non could have done), « he might of went » (au lieu de « might have gone »).

La modalisation est l'expression de la subjectivité dans le langage. Un énoncé modalisé ne concerne pas la réalité d'une action mais donne une appréciation subjective quant à sa possibilité ou à l'éventualité de sa réalisation. Les auxiliaires modaux en anglais (*can, could, may, might, shall, should, will, would*) ont des caractéristiques morphologiques particulières : pas de « s » à la troisième personne du singulier du présent, pas d'infinitif ni de participes (présent et passé), pas de « to » entre le modal et le verbe qui suit[14].

---

14. Voir Henri Adamczewski, *Grammaire linguistique de l'anglais*, Paris, Armand Colin, 1982, chapitre XI.

Les règles spécifiques aux auxiliaires modaux ne sont pas connues des ouvriers agricoles, comme si l'absence de sophistication langagière était la marque de leur appréhension fruste de la réalité.

Ces transcriptions phonétiques, ou ces particularités du discours inscrites dans une syntaxe approximative n'affectent que la langue parlée des dialogues. Les commentaires de la voix narrative, écrits dans une langue non familière et non dialectale, font ressortir l'esthétique naturaliste de ces dialogues qui veulent donner l'impression d'être pris sur le vif sans intervention ni manipulation littéraire.

Les expressions imagées de la langue populaire transposent dans le domaine concret ce qui pourrait se dire en termes psychologiques.

Pour peindre l'agacement et la susceptibilité de Curley, la même expression est employée à deux reprises ; expression très vivante en anglais, car au lieu de dire qu'il est « chatouilleux » (*S.H.*, p. 68), l'anglais dit qu'il a des fourmis dans son pantalon (« pants full of ants »). La deuxième fois, le traducteur a transposé littéralement : « Et Curley a des fourmis plein ses culottes » (*S.H.*, p. 104). La formule est plus pittoresque en anglais de par la rime entre « ants » et « pants » qui produit un effet comique.

De même, au lieu de dire que Curley est énervé, Steinbeck utilise l'expression dérivée de l'idiotisme « have a chip on one's shoulder » (ne pas avoir digéré quelque chose), qui évoque le corps humain vu de l'extérieur. Quand George demande : « Say, what the hell's he got on his shoulder ? » (« Dis donc, qu'est-ce qui lui fait mal à celui-là ? », *S.H.*, p. 65), c'est l'épaule de Curley qui surgit, d'autant plus que Steinbeck vient de décrire ses coudes repliés et que les hommes vantent l'adresse de ses mains. Steinbeck utilise les ressources de la verve populaire pour donner de la vie à ses dialogues tout en restant fidèle à sa technique objective, puisque ces expressions du langage courant décrivent des modifications extérieures du corps et non des états intérieurs.

Un effet secondaire de ces expressions imagées est de faire apparaître d'autres animaux dans le tissu textuel : quand Carlson taxe Curley de couardise, il le compare à la couleur jaune d'un ventre de grenouille : « You're yella as a frog belly » (« T'as autant de courage qu'un lapin », *S.H.*, p. 118). Pour évoquer l'énervement de Curley, Whit parle d'« un nid de frelons dans ses culottes » (*S.H.*, p. 103). En anglais, la formule métonymique inclut la couleur jaune : « Curley's got yella-jackets in his drawers. »

Ainsi les personnages de Steinbeck s'expriment dans une langue populaire abrupte et colorée, décrivant surtout des états physiques et non des états d'âme.

C. DES PERSONNAGES SANS ORIGINE

L'extériorité et l'impersonnalité sont renforcées du fait qu'à l'exception de Lennie et de George, les personnages n'ont pas de patronyme, donc pas de généalogie, ni de filiation possible dans une famille particulière. Sans origine et sans passé, les personnages de Steinbeck sont désignés par un surnom, le plus souvent en rapport avec leur apparence physique :

Slim est mince, Candy (sucre, bonbon) est un vieil homme très doux, Crooks (qui vient de « crooked », « tordu, de travers ») a eu le dos abîmé par un coup de pied de cheval.

Non traduits en français, ces surnoms qui font office de noms propres ont beaucoup plus de relief en anglais. Ainsi le sens de « Crooks » est énoncé clairement la première fois que « Crooks » est mentionné, alors que le lien se perd en français : « Il a le dos de travers, là où il a reçu un coup de pied de cheval » (*S.H.*, p. 57). (« Got a crooked back where a horse kicked him. »)

Curley a les cheveux frisés :

« À ce moment, un jeune homme entra dans la chambre. Un jeune homme brun, aux yeux noirs et aux cheveux crépus » (*S.H.*, p. 63).

Comme dans le cas de Crooks, la signification de son surnom est d'emblée manifeste dans la langue d'origine :

« At that moment a young man came into the bunk-house ; a thin young man with a brown face, with brown eyes and a head of tightly curled hair. »

La seule femme du ranch n'a pas de nom à elle. Tout au long du roman elle est désignée par la périphrase : « la femme de Curley ».

Pour George et Lennie, les noms produisent un effet d'inversion en miroir dans la mesure où Lennie qui s'appelle Small est un géant, tandis que George, lui, est petit : la première apparition des deux hommes fait ressortir cette différence de taille :

« L'homme qui marchait en tête était petit et vif. [...] Il était suivi par son contraire, un homme énorme » (*S.H.*, p. 31).

Plus loin George est désigné à deux reprises par « Le petit homme » (*S.H.*, p. 31). D'ailleurs au moment des présentations, le patronyme de Lennie attire une plaisanterie de Carlson, celui qui incarne l'homme ordinaire, pansu (« big-stomached ») et gros (« big ») :

« — Enchanté, dit le gros homme. Je m'appelle Carlson .

« — Moi, George Milton. Et lui, là, Lennie Small.

« — Enchanté, répéta Carlson. Il n'est pas précisément petit.

« Il éclata d'un rire léger à cette plaisanterie.

« — Il n'est pas petit du tout, répéta-t-il » (*S.H.*, p. 77-78).

Si le patronyme du grand Lennie est l'adjectif Small, George, quant à lui, porte un nom célèbre dans la littérature anglaise : Milton. John Milton (1608-1674), est l'auteur de « Paradise Lost » (« Paradis perdu »), long poème biblique en douze chants (1667). Ainsi dans son patronyme même, George semble voué à ne jamais gagner ce paradis dont il rêve. Le rapprochement s'arrête là dans la mesure où le poème de Milton est une apologie de la révolte qui annonce le satanisme romantique, alors que Steinbeck voit l'échec du rêve comme une caractéristique inévitable de la condition humaine.

Dans la traduction en français, par Maurice Duhamel, de la pièce de théâtre, Lennie s'appelle Lennie Court, ce qui donne une idée de la difficulté de transposer ce nom propre qui est aussi un adjectif. Peut-être aurait-il mieux valu proposer Lennie Petit, plus vraisemblable et qui présente l'avantage de rimer. Quant à George Milton, il est affublé du nom de Morton. Le choix du traducteur manque ici de clarté. Morton efface l'allusion littéraire à John Milton, sans rien ajouter[15].

---

15. Voir Dossier, p. 186-189.

V PORTRAITS : DES HOMMES ET UNE FEMME

En prenant le parti de camper des personnages sans passé ni patronyme, Steinbeck trace des portraits épurés qu'aucun détail superflu ne vient surcharger. Chacun des acteurs du drame a une silhouette reconnaissable. S'il y a des personnages plus en relief que d'autres (George, Lennie et Slim), il n'y a pas de véritable héros dans ce roman, où tous les êtres sont traités avec un certain détachement et font partie d'un groupe, le genre humain.

A. SLIM : LE PRINCE DU RANCH

Les commentaires laudatifs transforment Slim, le roulier, en figure de légende :

« Il entra dans la chambre qu'il traversa avec une majesté que seuls connaissent les personnes royales et les maîtres artistes. Il était roulier et le roi du ranch » (*S.H.*, p. 75).

L'expression en anglais, « prince of the ranch », a quelque chose d'encore plus féerique, car le prince a un pouvoir de séduction dans les contes traditionnels que n'évoque pas la figure du roi plus liée au gouvernement politique.

Figure idéalisée par les autres personnages et par les commentaires de la voix narrative, Slim est avant tout respecté pour sa compétence professionnelle :

« Il était roulier et le roi du ranch, capable de mener dix, seize et même vingt mules avec une seule guide aux mules de tête. D'un coup de fouet, il pouvait tuer une mouche sur la croupe d'une mule sans toucher la bête » (*S.H.*, p. 75).

En dehors de son savoir-faire et de son apparence physique plus que flatteuse, Slim a une parole qui fait loi :

« Son autorité était si grande qu'on le croyait sur parole quel que fût le sujet, politique ou amour. C'était Slim le roulier » (*S.H.*, p. 75).

Sorte de figure mythologique désincarnée, Slim est mince comme son nom l'indique, signe de sa finesse morale, et son corps ne porte pas les traces du temps :

« Son visage en lame de couteau n'avait pas d'âge. Il aurait pu avoir trente ans aussi bien que cinquante » (*S.H.*, p. 75).

Contrairement aux autres portraits, celui de Slim s'attache très peu au détail réaliste, mais accumule les détails signifiants : ainsi ses oreilles mènent directement à son âme et ses mains expriment la beauté d'un art sacré : « Ses oreilles entendaient plus qu'on ne lui disait, et sa parole lente avait des nuances, non de pensée, mais de compréhension au-delà des pensées. Ses mains, grandes et minces, se mouvaient aussi délicatement que des mains de danseuse sacrée » (*S.H.*, p. 76).

Une préposition récurrente à propos de Slim pourrait le résumer : « beyond », « au-

Grant Wood : *La maison natale de Herbert Hoover*, West Branch, Iowa, 1931. Ph. © The Minneapolis Institute of Arts and the Des Moines Art Center. Échange de dons entre Mr. Howard Frank of Oskaloosa et Des Moines Association of Fine Arts, 1982. © A.D.A.G.P., 1992.

« Tout le monde veut un lopin de terre, pas beaucoup. Quelque chose qui est à vous, simplement. »
Grant Wood : *Printemps dans la ville*, 1941. Ph. © Sheldon Swope Art Museum, Terre Haute, Indiana.

delà » (dans le passage cité ci-dessus : « sa parole lente avait des nuances, non de pensée, mais de compréhension au-delà des pensées », mais aussi juste après, lorsqu'il regarde George en s'interrogeant tout haut sur cette alliance étrange : « Slim regarda à travers George et au-delà » *S.H.*, p. 77).

Slim semble hors du commun, tel un être stylisé, dont la fixité de regard évoque la statuaire antique : « George regarda Slim et vit ses yeux de divinité impassible fixés sur lui » (*S.H.*, p. 87). L'expression en anglais est plus parlante encore, car Slim est directement comparé à un dieu avec majuscule : « George looked over at Slim and saw the calm, God-like eyes fastened on him. »

Slim frappe par son aspect calme et réfléchi : discret il ne demande rien, mais il suscite tout de même les confidences de George au début du chapitre III :

« George se tut. Il avait envie de parler. Slim ne l'encourageait ni ne le décourageait. Il était là, assis, calme et réceptif. » (*S.H.*, p. 87).

Tous les déplacements de Slim sont soulignés par des adverbes, trace d'une subjectivité, celle d'un narrateur-observateur qui se veut l'écho du sentiment général inspiré par Slim : « Slim se leva lentement et avec dignité » (*S.H.*, p. 79).

À la manière d'une épithète de nature homérique, l'adjectif « calm » accompagne Slim :

« Slim n'avait pas bougé. De ses yeux calmes il regarda sortir Lennie » (*S.H.*, p. 92).

« Le roulier avait observé le vieux chien de ses yeux calmes » (*S.H.*, p. 95).

C'est sans doute cette impression de sérénité dégagée par Slim qui lui donne son autorité. Tel un juge plein d'équanimité, Slim est celui qui tranche. Au moment de prendre la décision d'abattre le vieux chien de Candy, Slim a une attitude décisive. La voix narrative souligne le poids de son intervention par un commentaire qui définit le rôle de Slim au sein du groupe :

« Candy le regarda d'un œil désespéré, parce que les paroles de Slim avaient force de loi » (*S.H.*, p. 95).

Et une fois ce jugement rendu, il n'y a pas de recours possible :

« Candy regarda longuement Slim dans l'espoir qu'il soulèverait quelque objection mais il n'en fit aucune » (*S.H.*, p. 98).

En anglais, le pouvoir accordé à Slim est plus important puisque ce n'est pas une objection (de l'ordre de l'opinion, donc subjective ou arbitraire) qu'espère Candy, mais, « *some reversal* », une annulation (au sens juridique) de l'arrêt de mort prononcé contre son chien :

« Candy looked a long time at Slim to try to find some reversal. And Slim gave none. »

L'admiration inchangée de Candy envers Slim (« Slim est un roulier comme y en a pas deux » (*S.H.*, p. 139) indique bien que son aura n'est en rien ternie par son jugement sans appel. Le professionnalisme de Slim donne à sa parole une valeur supérieure.

À la fin c'est encore Slim qui invoque la nécessité supérieure aux désirs humains pour justifier le geste de George qui abat Lennie d'un coup de pistolet :

« T'en fais pas, dit Slim. Y a des choses qu'on est obligé de faire, des fois » (*S.H.*, p. 189).

Et encore :

« Fallait que tu le fasses, George. J'te jure qu'il le fallait. Viens avec moi » (*S.H.*, p. 190).

Malgré sa nature quasi divine, Slim s'exprime, comme les autres ouvriers, dans une langue fruste, transcrite par Steinbeck en approximations orthographiques calquées sur une prononciation déformée : « You hadda, George. I swear you hadda » (au lieu de « you had to »), « il le fallait », au sens d'une nécessité non intériorisée par le sujet.

B. GEORGE OU LA QUÊTE IMPOSSIBLE

De même que Slim est presque entièrement défini par des épithètes de nature à la manière d'un héros ou d'un demi-dieu homérique, George a presque toujours les mêmes mots à la bouche ; il a l'obsession de rassembler assez d'argent — « a stake », un pécule —, pour acheter une ferme avec Lennie. Dès qu'il sent un danger approcher, par exemple à l'arrivée de Curley, il évoque son projet d'amasser un magot, comme pour mettre Lennie en garde contre les provocations : « J'espérais qu'on allait pouvoir se faire un peu d'argent tous les deux... une centaine de dollars peut-être bien » (*S.H.*, p. 70). « I hoped we was gonna get a little stake together — maybe a hundred dollars. » De même, après avoir vu la femme de Curley pour la première fois, c'est Lennie qui prend peur, et George lui rappelle à nouveau leur intention d'amasser de l'argent :

« Lennie s'écria brusquement :

« — J'me plais pas ici, George. C'est pas un bon endroit. J'veux m'en aller.

« — Il faut rester jusqu'à ce qu'on ait un peu de pèze » (*S. H.*, p. 74).

En reprenant toujours la même expression, « a stake », qui signifie de l'argent mis de côté (avec une idée d'intérêts, de sommes investies), Steinbeck souligne le caractère irrationnel de cette profération ; comme si en invoquant cet argent mythique qu'ils n'auront jamais, George tentait de se protéger contre la médiocrité de sa condition.

Le caractère magique d'un tel énoncé répété apparaît après le meurtre de la jeune femme par Lennie ; George admet avoir toujours su que le projet ne se réaliserait pas :

« J'm'en doutais, j'crois, dès le début. J'm'en doutais qu'on ne l'aurait jamais. Mais il aimait tellement en entendre parler que j'avais fini par croire qu'on finirait peut-être par l'avoir » (*S.H.*, p. 170).

En termes psychanalytiques, l'attitude de George consiste à dénier la réalité[16].

Comme le fétichiste qui ne peut renoncer à sa croyance au phallus maternel, George aurait pu dire : « Je sais bien... mais quand même[17] ». Nous reviendrons sur le caractère compensatoire du rêve de George et Lennie, qui est de l'ordre de la croyance, avec quelque chose d'hallucinatoire.

16. Déni de la réalité : Terme employé par Freud dans un sens spécifique : mode de défense consistant en un refus par le sujet de reconnaître la réalité d'une perception traumatisante, essentiellement l'absence de pénis chez la femme. Ce mécanisme est particulièrement invoqué par Freud pour rendre compte du fétichisme et des psychoses. Cf. *Vocabulaire de la psychanalyse*, Jean Laplanche et J.-B. Pontalis, Paris, P.U.F., 1968, p. 115.

17. Octave Mannoni, *Clefs pour l'Imaginaire*, Paris, Seuil, 1969, p. 9-33.

En faisant cet aveu, George reconnaît par là même ne pas avoir vraiment cru au pouvoir des mots. Lorsque au tout début du roman il s'impatiente d'avoir à répéter toujours les mêmes phrases parce que Lennie les oublie aussitôt, George énonce une vérité importante : puisqu'il n'y a rien à faire, autant raconter :

« C'est bon, c'est bon. J'vais te l' redire. J'ai rien à faire. Autant passer mon temps à te dire les choses, et puis tu les oublies, et puis faut que je te les redise » (*S.H.*, p. 33-34).

Pour George, dire (« tell ») c'est faire (« do ») et le rêve n'a besoin de rien d'autre que de mots pour exister. La réalité même est une menace : il est d'ailleurs essentiel que le rêve garde sa dimension imaginaire de fantasme à deux, car dès qu'un tiers se joint au projet (le vieux Candy, qui veut apporter trois cents dollars), le rêve s'éloigne, remplacé par des considérations d'ordre pratique :

« Écoute, si moi et Lennie on travaille un mois sans rien dépenser, ça nous fera cent dollars. Ça ferait quatre cent cinquante. J'parie qu'on pourrait l'avoir pour ce prix-là » (*S.H.*, p. 115).

Écrire une lettre, verser des arrhes et concrétiser le rêve sont des entraves au plaisir né de la simple répétition du *conte*, que de véritables *comptes* mettraient en échec.

L'ambiguïté de George vis-à-vis du rêve commun est le signe même de l'échec de tous les projets humains (comme l'indique la citation de Burns d'où est tiré le titre) : en contrepoint du projet commun d'avoir une terre pour élever des lapins et cultiver de la luzerne, George évoque un autre projet beaucoup moins lointain : d'abord romantique (« J'pourrais avoir une vie si facile, et avoir une femme, peut-être bien » *S.H.*, p. 37), il devient trivial :

« Bon Dieu, si j'étais seul, ce que la vie serait facile ! J'pourrais me trouver un emploi et travailler. J'aurais pas d'embêtements. Pas la moindre difficulté, et, à la fin du mois, j'pourrais prendre mes cinquante dollars, et m'en aller faire ce que je voudrais en ville. Même que j'pourrais passer toute la nuit au claque. J'pourrais manger où je voudrais, à l'hôtel ou ailleurs, et commander tout ce qui me viendrait à l'idée. Et je pourrais faire ça tous les mois. M'acheter un gallon de whiskey, ou ben aller dans un café jouer aux cartes ou faire un billard » (*S.H.*, p. 42-43) .

Si l'on pense à la structure de la fugue pour la composition de *Des souris et des hommes*, il est possible de voir dans ce regret de George le *contre-sujet* qui mine de l'intérieur le *sujet* du rêve commun, qui est la vision d'un Éden perdu. Après l'assassinat de la jeune femme, George renonce à cette quête noble pour revenir à un thème plus banal :

« — J'vais faire mon mois, j'prendrai mes cinquante dollars et j'passerai toute une nuit dans quelque pouilleux de bordel. Ou bien j'resterai au cabaret jusqu'à ce que tout le monde s'en retourne chez soi. Alors j'reviendrai travailler un autre mois et j'aurai cinquante dollars de plus » (*S.H.*, p. 170).

Comme dans le cas du rêve à deux, ce projet solitaire utilise toujours les mêmes mots pour se dire : il s'agit de passer la nuit au bordel (« cat-house »), de boire du whisky dans un café (« pool room ») et de jouer au billard (« shoot pool ») : perdu en français, le parallélisme presque terme à terme fait ressortir le caractère incantatoire d'une telle évocation. À l'imagerie traditionnelle du rêve agrarien se substitue la panoplie minable d'une débauche de célibataire. Une fois Lennie disparu, George n'a pas d'autre lieu où se réfugier que le *lieu commun*, dont le café, le billard et le bordel ne sont que les misérables représentants.

Bien qu'il soit possible de voir en George le preux serviteur d'un rêve chevaleresque, sa chasteté obstinée a quelque chose de suspect, puisqu'il oppose au rêve commun de propriété foncière un scénario moins reluisant : passer la nuit au bordel et dépenser en une nuit ses cinquante dollars.

La pruderie de George et son dégoût des choses de l'amour sont peut-être un rappel intertextuel. Sur un arrière-plan de légende arthurienne, dans laquelle Steinbeck a beaucoup puisé son inspiration, George serait une sorte de Galaad qui ne se laisse pas détourner de la quête du Graal[18].

Transposé dans le domaine païen, le rêve de George et Lennie peut être vu comme une version américaine de la quête arthurienne. Le puritanisme affiché de George serait alors l'équivalent de la pureté du chevalier de la Table Ronde.

18. Galaad (Galahad), l'un des chevaliers de la Table Ronde, apparaît dans les divers récits du cycle, mais joue surtout un rôle essentiel dans les *Quêtes du Saint-Graal*, dernière partie du roman en prose de *Lancelot* (XIIIe siècle). Galaad est le chevalier par excellence, à la fois parfait et pur. Symbole de simplicité et de vertu, sa vie allie toutes les qualités nécessaires à la quête mystique. Cf. Chrétien de Troyes, *Romans de la Table Ronde*, préface et traduction de Jean-Pierre Foucher, coll. Folio, n° 696.

L'intérêt de Steinbeck pour la légende du Roi Arthur ne s'est pas démenti puisqu'il passa l'année 1959 en Angleterre à étudier *La Morte d'Arthur*, de Thomas Malory (1469). À titre posthume, furent publiés en 1976 *The Acts of King Arthur and His Noble Knights*.

Il paraît difficile, cependant, de trop jouer sur le parallèle entre la légende arthurienne et *Des souris et des hommes*. À propos d'un roman précédent, *Tortilla Flat* (1935), Steinbeck avait lui-même induit ce type de rapprochement, mais comme le fait remarquer le critique Warren French[19], il s'agit plutôt d'une parodie du genre que d'une transposition. De même pour George, dont la duplicité semble plus intéressante que son dévouement.

19. Warren French, *John Steinbeck*, New York, Twayne, 1961.

Trop parfait, c'est ainsi que George apparaît aux yeux des autres hommes du ranch, puisque, quittant sa neutralité habituelle, la voix narrative précise que Candy est rassuré d'avoir amené George à formuler une opinion négative, à propos de la main gantée de Curley, couverte de vaseline :

« Curley dit que c'est pour conserver cette main-là bien douce pour sa femme.

« George étudiait ses cartes avec attention.

« — C'est pas propre de raconter des choses comme ça, dit-il.

« Le vieux fut rassuré. Il avait amené George à exprimer un blâme. Maintenant, il se sentait en terrain ferme, et il parla avec plus de confiance » (*S.H.*, p. 67).

Le rêve profond de George est bel et bien

ambigu puisque à la fin, Lennie s'attend à entendre cette version-là du conte et non pas l'autre, comme si avec son intuition animale Lennie pressentait que tout était perdu :

« — Tu n'vas pas m'engueuler ?

« — T'engueuler ?

« — Mais oui, comme t'as déjà fait. Comme ça, tu sais bien : "Si j't'avais pas avec moi, j'prendrais mes cinquante dollars..." » (*S.H.*, p. 185).

Et George exauce le souhait de Lennie qui lui souffle les mots de son texte :

« — Alors, tu vas pas le dire ?

« George secoua et dit avec raideur :

« — Si j'étais seul, la vie serait si facile.

« Il parlait d'une voix blanche, monotone.

« — J'pourrais me trouver du travail et j'aurais jamais d'embêtements.

« Il s'arrêta.

« — Continue, dit Lennie... Et, à la fin du mois...

« — Et à la fin du mois, j'prendrais mes cinquante dollars et j'm'en irais... au claque » (*S.H.*, p. 185).

Steinbeck utilise les ressources de l'ironie dramatique, car c'est précisément lorsque George sera parti en ville le samedi soir pour voir les filles et boire du whisky, que Lennie livré à ses pulsions commettra le crime fatal à lui-même et au rêve.

George s'évade de sa réalité quotidienne par ce rêve qui le libère du souci de survivre au point de le rendre imprudent, puisqu'il oublie Lennie pour aller faire la fête, au lieu de continuer à jouer son rôle de gardien.

Tout se passe comme si George tendait un piège à Lennie au moment où il le laisse seul.

Comme Lennie, d'autre part, paraît fasciné par le charme de la jeune femme du ranch, George le met en garde en employant des formules qui prennent un tour prémonitoire :

« T'avise pas de regarder cette garce... C'est pas la première fois que je vois des poisons comme ça, mais j'ai jamais rien vu de meilleur pour faire coffrer un type » (*S.H.*, p. 74)

Il parle aussi de « piège à rat » (*S.H.*, p. 74), de « piège tout tendu pour ceux qu'aiment la prison » (*S.H.*, p. 104).

Les expressions que George utilise en anglais sont d'une concision percutante ; ainsi « jail-bait », « rat-trap », « bitch » (« chienne », ou « salope »), « She's a jail-bait all set on the trigger » (mot à mot, « c'est un appât pour la prison, un mécanisme prêt à se déclencher »). Dans ce type d'expressions imagées c'est la violence des hommes de l'Ouest qui surgit. La femme y incarne le mal : c'est soi une « pute » (*S.H.*, p. 68) (« tart »), soit une « traînée » (p. 73), (« tramp ») (p. 32), soit une fille qui se fait des idées sur les hommes selon les termes de Candy qui la traite de « floosy » (c'est-à-dire « poule » ou « pouffiasse »), ce qui n'apparaît pas dans la traduction :

« An' I tell ya, you got floosy ideas about us guys amounts to. You ain't got sense enough in that chicken head to even see that we ain't stiffs » (« Et j'vous avertis, vous vous foutez dedans en ce qui nous concerne.

Vous avez pas assez de sens dans votre petite cervelle de poulet pour voir qu'on est pas des clochards » (*S.H.*, p. 145).

Même le vieux Candy devient agressif vis-à-vis de la femme qu'il considère comme une cervelle de moineau ou une enfant, puisqu'il lui conseille d'aller jouer ailleurs :

« Vous feriez peut-être mieux d'aller jouer au cerceau ailleurs » (*S.H.*, p. 146).

Pressentant le danger de laisser cette femme tourner autour de son ami, George tente d'effrayer Lennie, en évoquant le cas d'un de leurs compagnons d'enfance qui purge une peine dans un pénitencier :

« Andy est à San Quentin, en ce moment, à cause d'une poule » (*S.H.*, p. 110).

Tous ces commentaires sont autant de manières pour Steinbeck de parsemer le texte d'indices prévenant le lecteur du dénouement probable, mais ils réalisent aussi un portrait en creux de George, apparemment tellement tendu vers l'objet de sa quête qu'il met de côté tout ce qui a trait au sexe, synonyme pour lui de perdition et de déperdition. Comme dans la Bible, la femme représente le mal, mais elle est aussi la tentatrice qui menace de faire dépenser l'argent destiné à concrétiser leur installation. Même lorsqu'il s'agit d'aller en ville, il voit dans le claque le symbole même de la perte et du danger de faire échouer leurs projets :

« Lennie et moi, on veut se faire un magot, dit George. J'irai peut-être m'asseoir

PRODUCE
EXCHANGE

« Les types comme nous, qui travaillent dans les ranches, y a pas plus seul au monde. Ils n'ont pas de famille. Ils n'ont pas de chez soi. Ils vont dans un ranch, ils y font un peu d'argent et puis ils vont en ville et ils le dépensent tout... »
Thomas Hart Benton : *Les Arts de l'Ouest*, 1932. New Britain Museum of American Art, Connecticut, Harriet Russell Stanley Fund. Ph. A. Evans, Williamstown © A.D.A.G.P., 1992.

et boire un verre, mais je dépenserai pas deux dollars et demi » (*S.H.*, p. 105).

Prises isolément, ces paroles de George pourraient être vues comme la marque même de sa droiture, mais il convient de noter qu'avant d'arriver à une telle conclusion, il s'est tout de même renseigné sur les prix pratiqués en ville dans les maisons de passe :

« — Combien que ça coûte ? demanda George. [...] J'irai peut-être bien y jeter un coup d'œil, dit George » (*S.H.*, p. 105).

Loin d'être à l'abri des appétits (sexuels ou autres), George semble vouloir s'en protéger en contrôlant ses dépenses. Symptomatiquement, le bordel lui semble moins dangereux que cette femme lascive qui ne connaît pas la censure :

« Parlez-moi d'un bon bordel, dit-il. On peut y aller se soûler et se soulager le système tout à la fois, et pas de complications. Et puis, en plus, on sait combien ça vous coûtera. Tandis que ces pièges-là ; c'est toujours prêt à vous faire foutre en tôle » (*S.H.*, p. 109).

La métaphore économique peut aussi se lire, au-delà du contexte étroit de la construction d'un projet foncier, pour lequel il faut réunir de l'argent, comme l'image d'une peur de succomber à la tentation que toute femme représente pour un homme.

La hargne que met George à dévaloriser la femme de Curley aux yeux de Lennie est sans doute proportionnelle à la catastrophe qu'il entrevoit ; elle n'en est pas moins surprenante pour un personnage qui se tient à l'écart des passions de la chair : le jeu de solitaire lui permet de s'abstraire quand les autres hommes discutent de la beauté de la femme de Curley : « George affectait l'indifférence » (*S.H.*, p. 68).

Dès que le rêve semble plus proche du fait que Candy apporterait ses économies au projet, George évoque le divertissement qui leur serait désormais accessible :

« — Supposez qu'il y ait une fête, ou qu'un cirque vienne en ville, ou un match de base-ball, n'importe quoi.

« Le vieux Candy opina à cette idée.

« — Ben, on irait, dit George. On demanderait la permission à personne. On dirait simplement : "Allons-y", et on irait. On se contenterait de traire la vache, de jeter un peu de grain aux poulets, et on irait » (*S.H.*, p. 116).

Ici l'anglais permet une nuance perdue à la traduction : pour désigner la fête, George-le-prude utilise le pronom féminin « her », comme en signe d'intimité avec ce plaisir qu'il imagine de manière si vivace :

« "S'pose they was a carnival or a circus come to town, or a ball game, or any damn thing". Old Candy nodded in appreciation of the idea. "We'd just go to her", George said. "We wouldn't adsk nobody if we could. Jus' say : « 'We'll go to her', » an' we would. Jus' milk the cow and sling some grain to the chickens an' go to her". »

C'est d'ailleurs le même pronom féminin qu'utilise George pour désigner cette ferme qu'ils entrevoient d'acquérir avec l'aide de Candy : « I bet we could swing her for that ! » (« J'parie qu'on pourrait l'avoir pour ce prix-là », *S.H.*, p. 115). George est envahi d'une sorte de terreur sacrée en pensant à cette possession interdite :

« George said reverently : "Jesus Christ! I bet we could swing her". His eyes were full of wonder. "I bet we could swing her", he repeated softly.

(« — Nom de Dieu ! J'parie qu'on pourrait l'avoir. L'émerveillement emplissait ses yeux.

« — J'parie qu'on pourrait l'avoir, répéta-t-il doucement » *S.H.*, p. 115).

La traduction efface l'ambiguïté de cette formulation qui évoque une femme qu'on se paie pour s'envoyer en l'air (« swing »).

Les seuls moments de jouissance dans le roman sont ceux où Lennie, George ou Candy rêvent à haute voix de cette terre mythique qu'ils désireraient ardemment posséder. Les termes employés par Steinbeck pour décrire les hommes devant leur vision disent bien qu'ils sont dans un état de *sidération*, ravis à eux-mêmes. Situé au milieu du livre, ce moment où les trois hommes parlent de leur rêve au présent comme s'il était réalisé correspond au maximum d'intensité (en anglais le point culminant d'un récit se dit « climax », comme l'orgasme) :

« George était assis, *médusé* par sa propre vision » (*S.H.*, p. 113).

« Ils restèrent silencieux. Ils se regardaient les uns les autres, *étonnés*. Cette chose, qu'ils n'avaient jamais vraiment crue, était sur le point de se réaliser » (*S.H.*, p. 115).

« Ils étaient tous assis, immobiles, *hypnotisés* par la beauté de la chose, l'esprit tendu vers le futur, quand cette chose adorable viendrait à se réaliser » (*S.H.*, p. 116).

Il faut revenir à l'anglais pour bien saisir toutes les nuances qu'exprime la prose précise de Steinbeck : « médusé » traduit

« entranced » qui signifie « être hors de soi, déborder de plaisir » ; « étonnés » correspond à « amazed », beaucoup plus fort en anglais puisqu'il signifie : transporté, ravi à soi ; et « hypnotisés » rend « bemused », qui indique l'état de stupéfaction dans lequel se trouve un esprit embrumé par l'alcool.

Ainsi placée au centre du livre, cette cérémonie rituelle ressemble à une transe ou à un orgasme, c'est-à-dire à un état de surexcitation et de trop-plein, comme si les énergies libidinales de ces hommes étaient canalisées par ce scénario imaginaire.

Face à cette perfection onirique, une femme réelle et bien vivante comme la femme de Curley n'a aucune chance d'éveiller le moindre intérêt sexuel.

La mort de la jeune femme n'évoque d'ailleurs aucune compassion chez George ni chez Candy, qui pensent seulement à l'effondrement de leurs visions d'avenir :

« Alors Candy exprima sa crainte la plus sérieuse.

« — Toi et moi, on pourra avoir cette petite terre quand même, pas vrai, George ? On pourra aller y mener la bonne vie, pas vrai, George ? Pas vrai? » (*S.H.*, p. 170).

Puis, à son tour George se met à se lamenter devant le cadavre de la femme qui est aussi la dépouille de son rêve défunt :

« Il s'arrêta, puis il se mit à psalmodier. Et il répétait les vieux mots :

« — S'il y avait eu un cirque ou un match de base-ball... on y serait allé... on aurait dit simplement : l'travail on s'en fout, et on y serait allé. On n'aurait rien eu à demander à personne » (*S.H.*, p. 172).

Signe que le plaisir naît bien de la répétition (« in a sing-song »), Candy reprend les mêmes tournures que George, y compris le genre féminin de la fête : « If they was a circus or a base-ball game... we would of went to her.... jus' said "ta hell with work", an' went to her. »

C. LENNIE : ANIMAL OU TROP HUMAIN ?

A) LENNIE SMALL

Lennie est d'emblée présenté en opposition à George. Le premier portrait des deux hommes insiste sur le contraste physique et moral. Autant George semble vif, autant Lennie évoque pesanteur et mollesse :

« L'homme qui marchait en tête était petit et vif, brun de visage, avec des yeux inquiets et perçants, des traits marqués. Tout en lui était défini : des mains petites et fortes, des bras minces, un nez fin et osseux. Il était suivi par son contraire, un homme énorme, à visage informe, avec de grands yeux pâles et de larges épaules tombantes. Il marchait lourdement, en traînant un peu les pieds comme un ours traîne les pattes. Ses bras, sans osciller, pendaient ballants à ses côtés » (*S.H.*, p. 31).

Steinbeck souligne la différence frappante entre ces deux silhouettes mal assorties par la simple répétition d'adjectifs : le premier homme est petit (« small »), tandis que le second est énorme (« huge »). La traduction a supprimé le deuxième « huge » : au lieu de « his huge companion » — donc littéralement « son énorme camarade » — on lit « son camarade ». C'est ainsi, par le moyen simple de la reprise du même adjectif à quelques lignes de distance, que Steinbeck clarifie le trait et aide à la perception rapide des éléments importants du contraste.

Une erreur dans la traduction gomme un aspect de l'opposition terme à terme entre les deux visages. En anglais George est décrit ainsi : « The first man was small and quick, dark of face, with restless eyes and sharp, strong features. » Il a donc des « yeux inquiets » et des « traits anguleux et marqués ». Cette dernière caractéristique forme un contraste frappant avec le visage informe de Lennie (« shapeless of face »).

L'analogie initiale entre Lennie et un ours donne le ton pour tout le roman : les gestes de Lennie sont systématiquement comparés à ceux d'un animal :

« Il buvait à grands coups, en renâclant dans l'eau comme un cheval » (*S.H.*, p. 31).

Les mains de Lennie sont le plus souvent des pattes :

« Il trempa sa grosse patte dans l'eau » (*S.H.*, p. 32).

Au moment de la confrontation avec Curley, Lennie est pris dans une situation de communication paradoxale puisque George lui a dit de ne pas répondre aux provocations et qu'en même temps il lui crie de ne pas se laisser faire[20].

Au lieu d'utiliser le vocabulaire de la psy-

20. Plusieurs ordres contradictoires émis simultanément créent une situation de *double bind* (double contrainte), que Gregory Bateson et ses collaborateurs analysent comme éminemment pathogène. P. Watzlawick, J. Helmick Beavin et Don D. Jackson, chercheurs de Palo Alto exposent ces théories dans *Une logique de la communication* (traduit de l'américain par Janine Morche, Paris, Seuil, coll. Points, 1972).

chologie pour définir cette situation douloureuse pour Lennie, Steinbeck peint l'affolement d'un animal traqué :

« Lennie se couvrit le visage de ses grosses pattes. Il gémissait de terreur » (*S.H.*, p. 119).

Comme un animal, Lennie vit tout entier dans le présent. Le raisonnement abstrait lui est étranger, et les suppositions perverses de Crooks, qui joue à lui faire croire que George pourrait ne jamais revenir, le rendent furieux :

« Je supposais, simplement, dit-il. George n'a pas de mal. Il va très bien. Il va revenir, bien sûr.

Lennie était au-dessus de lui.

« — Pourquoi que tu supposais ? J'veux pas que personne suppose que George puisse avoir du mal » (*S.H.*, p. 135).

La technique objective de Steinbeck est ici flagrante : au lieu de décrire la condition mentale de Lennie (colère, désarroi), il le montre placé *au-dessus de Crooks* qui se trouve menacé par la présence physique de Lennie. Steinbeck ne fouille pas les sentiments, il décrit les postures.

Lorsque l'échange entre Crooks et Lennie est terminé, Lennie retourne s'asseoir en grondant (comme un chien) : « Lennie growled back to his seat on the nail-keg. »

De même, sans jamais faire la différence entre la réalité et l'imaginaire, Lennie a des réflexes instinctifs, comme un animal qui réagit à un stimulus verbal. Il se met hors de lui en pensant aux chats susceptibles de nuire aux lapins de sa ferme mythique :

« Qu'ils essaient de les attraper, les lapins,

j'leur casserais les reins, nom de Dieu. J'les... j'les écrabouillerais à coups de bâton.

« Il se calma, grognant en dedans, menaçant les chats futurs qui oseraient déranger les futurs lapins » (*S.H.*, p. 113).

En répétant l'adjectif « futurs », la voix narrative souligne la discordance entre l'irréalité de la situation seulement évoquée par George et la réaction impulsive de Lennie, pour qui la distance entre les mots et les choses n'existe pas.

Afin d'induire la comparaison entre l'humain et le règne animal, Steinbeck pratique le raisonnement par analogie. Dans le cas de Lennie, la comparaison est quasiment automatique.

Lorsqu'il se sent pris en faute par George qui trouve une souris morte, Lennie est vu comme un chien refusant d'obéir :

« Lentement, comme un terrier qui ne veut pas rapporter la balle à son maître, Lennie s'approcha, recula, s'approcha encore » (*S.H.*, p. 40).

D'ailleurs, pour évoquer le sort qui attendrait Lennie si George venait à disparaître, Crooks utilise une image révélatrice :

« On t'emmènerait à l'asile des dingos. Et là, on t'attacherait avec un collier, comme un chien » (*S.H.*, p. 135).

Paradoxalement, bien qu'il soit présenté comme proche de la bête, Lennie est le seul à qui soit attribuée une vie intérieure, sous forme de double hallucination juste avant sa mort. Steinbeck joue sur la limite entre le vrai et le vraisemblable lorsqu'il semble donner une consistance palpable à des chimères : la tante Clara et le gros lapin. Steinbeck utilise dans les deux cas la même formulation :

« Et alors du cerveau de Lennie sortit une grosse petite vieille » (*S.H.*, p. 181).

« Et tante Clara disparut, et, du cerveau de Lennie sortit un lapin gigantesque » (*S.H.*, p. 182).

À chaque fois la femme ou l'animal parlent par la voix de Lennie et il s'instaure un dialogue imaginaire à haute voix entre Lennie et les doubles de sa conscience. La tante Clara fictive lui adresse principalement le reproche de gâcher la vie de George et de l'empêcher de mener la vie qui lui convient :

« Il aurait pu être si heureux si t'avais pas été là. Il aurait pu garder tout son salaire et aller rigoler au bordel, et il aurait pu aller faire une poule au billard. Mais il faut qu'il s'occupe de toi » (*S.H.*, p. 182).

Quant au lapin géant, il prédit que George va frapper Lennie, qui se rebiffe à cette idée :

« Ça, jamais de la vie. George ne fera pas une chose pareille. J'connais George depuis... j'sais pas combien de temps... et jamais il ne m'a menacé d'un bâton. Il est gentil avec moi. Il n'va pas commencer à être méchant » (*S.H.*, p. 183).

C'est au moyen de ces dialogues avec des fantômes que Steinbeck présente l'angoisse de Lennie, qui se sent acculé.

La technique objective permet aussi à Steinbeck d'éviter le moralisme. Ainsi, lorsque Lennie et Curley en viennent aux mains, la formulation donne aux poings une sorte d'autonomie, comme s'ils étaient animés d'une vie détachée de toute subjectivité : en anglais le poing de Curley se balance pour ainsi dire tout seul, ce qui accentue encore l'impression de détachement :

« Curley's fist was swinging when Lennie reached for it » (« Curley balançait le poing quand Lennie l'attrapa ») (*S.H.*, p. 120).

De même, quand Lennie tue la femme de Curley, il semble que la main de Lennie soit mue par une force séparée de toute conscience :

« She screamed then, and Lennie's other hand closed over her mouth and nose. »

À la traduction ce caractère détaché se perd :

« Elle se mit à hurler et, de l'autre main, il lui couvrit la bouche et le nez » (*S.H.*, p. 165).

En anglais il n'y a littéralement pas de sujet responsable de ce geste, donc pas de faute. Lennie n'est pas présenté comme un assassin mais comme la victime de ses instincts incontrôlables.

Sans doute pour éviter de faire de Lennie un cas particulier ou un cas médical, Steinbeck n'élucide pas l'origine de son comportement étrange. Il induit par là que tout homme peut se reconnaître en Lennie.

George, pour éluder les questions, prétend que son compagnon a reçu un coup de pied de cheval quand il était petit :

« C'est ... mon cousin. Il a reçu un coup de pied de cheval dans la tête quand il était gosse » (*S.H.*, p. 60).

Quelques pages plus loin il apparaît que George a menti :

« — George.

« — Qu'est-ce que tu veux encore ?

« — J'ai jamais reçu de coup de pied dans la tête, dis, George ?

« — Ça vaudrait bougrement mieux si t'en avais reçu un, dit George méchamment. Ça épargnerait bien des emmerdements à tout le monde.

« — T'as dit que j'étais ton cousin, George.

« — Ben, c'était un mensonge. Et que j'suis sacrément content que c'en était un. Si j't'étais parent, j'me foutrais une balle dans la peau » (*S.H.*, p. 62).

Dépassant le cas individuel de cet homme dénué de sens de la mesure, Steinbeck a donné une aura de parabole à son récit qui devient exemplaire et non documentaire. Dans une lettre de septembre 1936 souvent citée (en particulier par Peter Lisca)[21], Steinbeck révèle son désir de faire de Lennie « non pas un fou ou un idiot, mais l'incarnation des désirs informulés et puissants de tous les hommes » (« the earth longings of a Lennie who was not to represent insanity at all but the inarticulate and powerful yearning of all men. »)

21. Peter Lisca, *The Wide World of John Steinbeck*, New York, Gordian Press, 1981, p. 134.

Lennie n'est pas le seul idiot créé par Steinbeck. Déjà dans *Les Pâturages du Ciel* (1932), Tularecito, cet enfant-monstre doué d'un talent génial pour le dessin et la gravure, est inapte à vivre en société.

Et dans la nouvelle, *Johnny Bear*, du recueil *La Grande Vallée* (écrit avant *Des souris et des hommes* mais publié en 1938), Johnny l'Ours est une sorte d'imbécile heureux qui ressemble à Lennie par sa démarche animale et ses longs bras ballants comme ceux d'un ours[22].

22. Voir Dossier, p. 158-159.

À travers ces êtres hybrides, mi-hommes mi-bêtes, en qui le naturel est proche de l'animal, Steinbeck démontre les mécanismes de défense du groupe qui réagit par une mise à l'écart ou une mise à mort.

L'animalité n'est d'ailleurs pas l'apanage de Lennie, le simple d'esprit plus proche de la bête que de l'humain. Par le jeu des comparaisons, Steinbeck établit des rapprochements obliques mais parlants entre Lennie et d'autres personnages.

B) L'ANIMALITÉ : LES MAINS DE CURLEY

Ainsi Curley, toujours prêt à se battre, est comparé à un petit chien hargneux, le terrier, celui-là même qui chasse les animaux à terrier : « Curley s'approcha de Lennie comme un terrier » (*S.H.*, p. 119). Il n'en faudra pas plus pour que Lennie se sente pourchassé dans sa tanière et se mette à décupler ses forces.

Avec sa violence nerveuse de boxeur frustré, le mari, Curley, semble aussi dangereux parce que incontrôlé. Les signes extérieurs de sa puissance, main gantée, poings serrés, yeux « calculateurs et belliqueux » (*S.H.*, p. 63-64), sont vite démystifiés par le vieux

« Tu passes ton temps à me faire balader d'un bout du pays à l'autre. »
Travailleur émigrant en Californie, pendant la crise de 1929.
Ph. © Archives Snark/Edimedia.

« Près des murs, il y avait un poêle en fonte noire dont le tuyau entrait tout droit dans le plafond. »
Library of Congress, Washington. Ph. © Arch. Edimedia.

CHAMPION
BRAND

Candy qui voit en lui un homme petit, complexé par sa taille :

« J'vas te dire. Curley est comme un tas de petits gars. Il aime pas ceux qui sont grands, il passe son temps à se chamailler avec ceux qui sont grands » (*S.H.*, p. 65).

C'est encore le vieil homme de peine qui révèle à George ce qui se cache sous le gant de la main gauche. Curley, toujours à la poursuite de sa femme, est la risée de tout le ranch. Même ses poings de boxeur, qui lui valent un certain prestige, ne résisteront pas à la force brute de Lennie.

L'adjectif qui définit à lui seul Curley, c'est « habile » : la première fois que les hommes du ranch parlent de Curley à George et Lennie, c'est l'adjectif qui revient fréquemment à son propos :

« Curley est un gars habile. Il s'est un peu occupé de boxe. C'est un poids léger, et il est bien habile.

« — Ben, j'veux bien qu'il soit habile, dit George (...). » (*S.H.*, p. 65).

Pour distinguer Lennie de Curley, George ajoute de manière prémonitoire :

« Lennie est pas habile, lui, mais ce petit salaud se fera amocher s'il se mêle d'embêter Lennie » (*S.H.*, p. 66).

De nouveau, lorsque Curley réapparaît, croyant que sa femme est avec Slim, Whit, simple homme du ranch, se fait l'écho de l'avis général en reprenant au sujet de Curley toujours le même qualificatif :

« Curley baisse sans quoi il se frotterait pas à Slim. Et Curley est habile, bougrement habile. Il a boxé dans les finales pour les

Gants d'Or. Il a des coupures de journaux là-dessus » (*S.H.*, p. 107).

En anglais l'adjectif est « handy », ce qui prend une résonance ironique à plusieurs niveaux. D'abord si « handy » signifie en effet « adroit », « habile », il fait entendre le mot « hand » : la main. Or c'est précisément sur les mains de Curley que se fixent tous les regards et que les conjectures vont bon train : d'une part c'est un boxeur d'assez haut niveau puisqu'il a participé à ce tournoi d'amateurs des « Golden Gloves » créé en 1928 (pour lequel le vainqueur obtenait une médaille d'or), d'autre part sa main gantée suscite des associations d'idées obscènes. Or c'est précisément cette main gantée que Lennie va broyer dans sa grosse patte. Comme c'est George qui l'incite à la violence, il est possible de voir dans le geste de Lennie l'expression d'un désir refoulé de George qui serait d'effacer toute trace de sexualité, surtout si elle est gluante de vaseline[23].

23. Voir Dossier, p. 189-190.

Les mains semblent d'ailleurs objectiver les différences entre les êtres. Par une série de gros plans sur les mains, Steinbeck indique grossièreté ou délicatesse. Les mains de Slim sont comparées à des mains de danseuse sacrée. Lorsqu'il vient voir le corps de la femme de Curley à qui Lennie vient de rompre les vertèbres, c'est un doigt puis une main qui effleure la tête de la jeune femme :

« De son doigt fin il lui toucha la joue, puis il glissa sa main sous le cou légèrement tordu que les doigts palpèrent » (*S.H.*, p. 173).

Une fois encore, l'impression de détachement est plus sensible en anglais : doigt et main semblent agir de manière autonome :

« One lean finger touched her cheek, and then his hand went under her slightly twisted neck and his fingers explored her neck. »

Entre les pattes brutales de Lennie et les mains obscènes ou belliqueuses de Curley d'une part, et les doigts délicats de Slim d'autre part, Steinbeck établit une sorte de hiérarchie. Steinbeck choisit la main comme signe d'appartenance à une classe plus ou moins noble, et implicitement il rapproche Curley et Lennie en les opposant à Slim.

Enfin, métaphoriquement, la main est ce qui s'oppose à la tête : la main c'est la réalité concrète tandis que la tête est pleine de rêves inassouvis. C'est ainsi que le palefrenier noir Crooks résume l'opposition entre réalité et rêve :

« J'ai vu trop de gars avec de la terre dans la tête. Ils n'en trouvent jamais sous leur main » (*S.H.*, p. 140).

C) L'ANIMALITÉ : LA FEMME DE WEED

Proche de l'animal par sa lascivité sans retenue, la femme (celle de Weed ou n'importe quelle autre) est décrite en des termes qui évoquent l'animal : « et la môme se met à gueuler. [...] Alors la môme gueule et gueule » (« an' the girl lets out a squawk). [...] Well, this girl squawks and squawks » (*S.H.*, p. 90). Or en anglais « squawk » évoque le cri du perroquet ou du poulet. Puis, pour dire que la jeune fille prend ses jambes à son cou, Steinbeck emploie le verbe « rabbit », qui à l'évidence évoque un lapin qui détale.

La femme, celle de Weed ou l'épouse

de Curley, est un être attachant, dont le corps social (qui est un corps viril) doit se débarrasser pour préserver son homogénéité.

D) LENNIE AVEC GEORGE

De même qu'il ne clarifie pas en quoi Lennie est différent des autres, Steinbeck laisse dans l'ombre les motivations de son compagnon. Le lien entre George et Lennie est à vrai dire toujours énigmatique. Le couple George-Lennie est suspect aux yeux des autres : le patron du ranch et Slim interrogent cette association qui semble contre nature. Le patron soupçonne George d'exploiter son compagnon :

« — Dis-moi un peu, qu'est-ce que tu vends ?

« — Hein ?

« — Je dis combien d'argent as-tu mis sur ce gars-là ? Est-ce que tu lui prendrais sa paie par hasard ?

« — Bien sûr que non. Alors, vous vous figurez que je cherche à le vendre ?

« — Dame, j'ai jamais vu un type s'intéresser autant à un autre. J'veux simplement savoir d'où vient ton intérêt » (*S.H.*, p. 60).

Et c'est à ce moment-là que George invente un lien de parenté avec Lennie.

Plus tard Slim émet le même type de réserve vis-à-vis de ce couple étrange :

« — C'est drôle que vous vous soyez réunis comme ça, tous les deux.

« C'est ainsi que Slim, calmement, invitait aux confidences.

« — Qu'est-ce que ça a de drôle ? demanda George sur la défensive.

« — Oh ! j'sais pas. J'ai pas souvent vu des types circuler ensemble comme ça. [...] Ça me semble juste un peu drôle, un dingo comme lui et un dégourdi comme toi qui se baladent comme ça ensemble » (*S.H.*, p. 87).

Devant l'attitude neutre et calme de Slim, George se laisse aller à des confidences et raconte la naissance de cette amitié improbable entre un homme vif et un simple d'esprit. Il invoque l'habitude :

« Puis, au bout de quelque temps, on s'est comme qui dirait habitués l'un à l'autre » (*S.H.*, p. 87).

George parle de la solitude des journaliers et présente leur association comme un remède à ce mal : « On s'habitue à rouler avec un type et on peut plus s'en passer » (*S.H.*, p. 89).

Ces raisons n'expliquent pas pourquoi George inclut Lennie dans son rêve de posséder un lopin de terre avec de la luzerne et des lapins.

D'un point de vue psychologique, pour George le rêve sert à garder un lien précaire avec Lennie, comme un licou verbal qui maintiendrait celui-ci dans l'imaginaire en prévenant le passage à l'acte.

George utilise aussi ce rêve comme instrument de contrôle de Lennie. La ferme et surtout les lapins sont brandis comme appâts ou récompenses :

« Seulement, faudra pas t'attirer d'histoire, parce que, dans ce cas, j' te laisserai pas soigner les lapins (*S.H.*, p. 49).

Après l'incident au cours duquel Lennie a écrasé le poing de Curley, George se veut rassurant :

« — George ?

« — Qu'est-ce que tu veux ?

« — J'peux encore soigner les lapins, George ?

« — Mais oui, t'as rien fait de mal » (*S.H.*, p. 123).

L'attitude de George ne manque pas de perversité, dans la mesure où à plusieurs reprises on a l'impression qu'il se sert de la crédulité de Lennie pour lui faire accomplir les sales besognes à sa place. Ainsi le poing de Curley recouvert de vaseline est diligemment écrasé par Lennie, poussé à la violence par George lui-même. Steinbeck, toujours sans insister, montre l'ambiguïté du comportement de George dans cet épisode. Alors que Lennie se recroqueville devant les provocations de Curley, sans doute de peur de laisser agir sa force colossale, George l'incite à la vengeance :

« George, debout, hurlait :

« — Vas-y, Lennie, le laisse pas faire. [...]

Il mit ses mains en porte-voix autour de sa bouche et hurla :

« — Vas-y, Lennie ! [...]

George hurla de nouveau :

« — Vas-y, je t'ai dit » (*S.H.*, p. 120).

Surprenante mais claire, l'incitation de George à la violence est ensuite déniée par lui lorsqu'il est trop tard :

« — C'est simplement que Lennie a pris peur, expliqua-t-il. Il n'savait pas quoi faire. J'te l'avais bien dit qu'il n'fallait pas se battre avec lui. Non, je crois que c'est à Candy que je l'avais dit » (*S.H.*, p. 122).

Cet incident accrédite la thèse[24] selon laquelle au lieu d'être le protecteur philanthrope de Lennie, George a, en fait, besoin de lui pour traduire en actes ce qu'il ne peut exprimer lui-même, en particulier son agressivité.

L'alliance de George et Lennie peut bien sûr évoquer la légende de saint Georges pourfendant le dragon, symbole des puissances maléfiques et sataniques. Lorsque George abat Lennie d'un coup de pistolet, il reprend le rôle biblique de Caïn tuant son frère Abel. En répandant le sang, Caïn se voit banni et condamné à l'errance.

24. Mark Spilka voit en Lennie l'instrument de la violence refoulée de George et l'idiot exprime des pulsions infantiles non canalisées. Cf. « Of George and Lennie and Curley's Wife : Sweet Violence in Steinbeck's Eden », *Modern Fiction Studies,* vol. 20, n° 2, été 1974, p. 169-179.

Pour le critique William Goldhurst[25], George et Lennie rejouent le mythe biblique, qui sera adapté par Steinbeck sur un mode contemporain dans *À l'est d'Éden* (1952). Au chapitre IV de la Genèse, Abel est présenté comme le premier « juste », dont la foi est si profonde qu'elle va jusqu'au sacrifice de sa vie. Pour W. Goldhurst, la chronologie du récit de Steinbeck, qui va du vendredi au dimanche, est une allusion à la Passion du Christ dont Abel préfigure le martyre. Marquée par le crime de Caïn, l'humanité est condamnée à errer et à cultiver la terre sans en récolter les fruits. De même, après le meurtre de Lennie, il est probable (mais Steinbeck n'en dit rien) que George poursuivra sa vie errante.

Pour séduisante que soit la thèse de William Goldhurst elle semble réduire *Des souris et des hommes* à une parabole biblique à deux personnages seulement. Or le texte de Steinbeck se prête à une pluralité d'interprétations, dont le rapprochement avec la Bible ne serait qu'un aspect.

25 « "Of Mice and Men" : John Steinbeck's Parable of the Curse of Caïn », *Western American Literature,* vol. 6, n° 2, été 1971, p. 123-125.

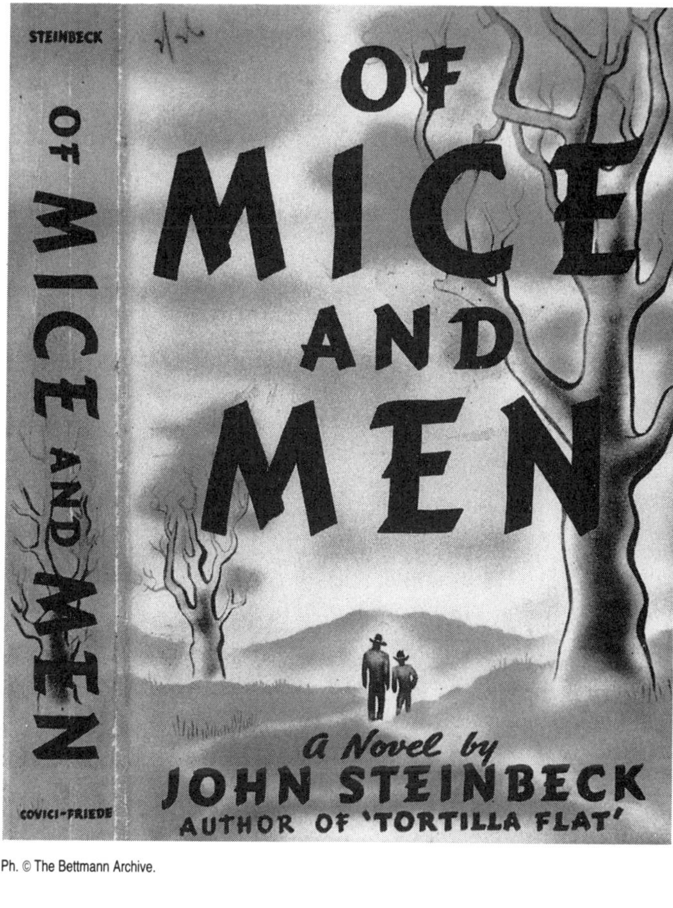
STEINBECK
OF MICE AND MEN
COVICI-FRIEDE
OF MICE AND MEN
A Novel by
JOHN STEINBECK
AUTHOR OF 'TORTILLA FLAT'

Ce que George et Lennie disent eux-mêmes de leur amitié c'est qu'elle est un remède contre la solitude dont tous souffrent. Dans leur litanie incantatoire figure en première place le verset qui glorifie l'alliance contre la solitude. La première fois qu'ils se livrent à leur scansion rituelle, c'est ce qu'ils mentionnent en premier lieu :

« La voix de George se fit plus grave. Il répétait ses mots sur un certain rythme, comme s'il avait déjà dit cela plusieurs fois.

« — Les types comme nous, qui travaillent dans les ranches, y a pas plus seul au monde. Ils ont pas de famille. Ils ont pas de chez-soi. [...]

« George continua :

« — Pour nous, c'est pas comme ça. Nous, on a un futur. On a quelqu'un à qui parler, qui s'intéresse à nous. [...] Si les autres types vont en prison, ils peuvent bien y crever, tout le monde s'en fout. Mais pas nous.

« Lennie intervint.

« — *Mais pas nous ! Et pourquoi ? Parce que... parce que moi, j'ai toi pour t'occuper de moi, et toi, t'as moi pour m'occuper de toi, et c'est pour ça* » (*S.H.*, p. 47).

Cette manière de conjurer la solitude prend un caractère poignant lorsqu'elle est réaffirmée au moment même où Lennie va mourir :

« Lennie dit avec astuce :

« — Dis-moi, comme t'as déjà fait.

« — Qu'est-ce que tu veux que je te dise ?

« — La différence entre nous et les autres types.

George dit :

« — Les types comme nous, ils n'ont pas de famille. Ils s'font un peu d'argent, et puis ils le dépensent tout. Y a personne dans le monde pour se faire de la bile à leur sujet...

« — Mais pas nous, s'écria Lennie tout heureux. Raconte comment c'est pour nous.

George resta un instant tranquille :

« — Mais pas nous, dit-il.

« — Parce que...

« — Parce que moi, j't'ai et...

« — Et moi, j't'ai. On est là tous les deux à se faire de la bile l'un pour l'autre, voilà ! s'écria Lennie, triomphant » (*S.H.*, p. 186).

Qu'ils représentent Abel et Caïn, Don Quichotte et Sancho, Laurel et Hardy, ou Vladimir et Estragon dans *En attendant Godot* de Samuel Beckett, George et Lennie sont des compagnons au sens étymologique (de *panis*, le pain, celui avec qui on partage le pain). La première étape de leur séjour près de la rivière comporte un échange relatif à la nourriture, qui serait anodin s'il ne déclenchait pas le premier accès de colère de George :

« — Y a des haricots pour quatre hommes là-dedans, dit George.

De l'autre côté du feu, Lennie l'observait. Il dit patiemment :

« — Moi j'les aime avec du coulis de tomates » (*S.H.*, p. 42).

Outre qu'il révèle chez Lennie une tendance à l'obsession (le ketchup, les souris puis les lapins), ce passage donne tout de suite un aperçu de la tension qui règne entre George et Lennie. Ils ont pour seule ressource leur présence réciproque, et pour seule richesse de pouvoir se préoccuper de quelqu'un. Comme le dit ironiquement George: « Et qu'est-ce que j'ai ? [...] J'ai toi ! » (*S.H.*, p. 43).

Ce couple incarne le degré zéro de l'amitié, mais à eux deux George et Lennie ont l'illusion de pouvoir résister à la solitude.

D. SOLITUDE

Soledad signifie « solitude » en espagnol, et c'est le point commun à toutes ces figures qui sont moins des personnages à part entière que des incarnations des différentes espèces de l'isolement humain.

Curley, bien que marié, sort au claque le samedi soir (*S.H.*, p. 142), laissant sa femme seule, qui se plaint :

« Le samedi soir, tout le monde fait quelque chose. Tout le monde ! Et moi, qu'est-ce que je fais ? J'suis là à causer avec un tas de clochards... un nègre, un piqué, et un vieux pouilleux de berger... et le comble, c'est que ça me plaît, parce qu'il n'y a personne d'autre » (*S.H.*, p. 144).

En insultant ceux qui partagent son sort, elle dénombre les exclus : le nègre (Crooks), le piqué (Lennie), le vieux chien et, parmi les clochards, Candy, vieillard estropié.

Le palefrenier noir Crooks est seul pour plusieurs raisons, mais surtout parce qu'il est noir et qu'un Noir ne reçoit pas de visite. En sa qualité de palefrenier il a une chambre à part, ce qui lui permet de s'isoler, mais ce luxe inutile est pour lui un fardeau. L'ironie de sa condition, c'est que le seul droit qu'il puisse revendiquer est celui de ne pas être dérangé chez lui par des Blancs, alors même qu'il souffre de solitude dans cette ségrégation imposée par la société :

« Un Noir doit bien avoir quelques droits, quand bien même qu'ils n'sont pas de son goût » (*S.H.*, p. 149).

Au-delà du contexte sociologique, la décision de Crooks de ne plus se joindre au projet de la ferme avec Candy correspond à cette image de solitude irrémédiable réfractée par Crooks. Steinbeck ne fait pas de digression sur ce thème : il se contente de mettre en place des images d'autant plus fortes qu'elles sont reprises en écho au début et à la fin du passage. Ainsi la première vision que l'on a de Crooks est répétée terme à terme à la fin du chapitre IV, comme si la solitude initiale de Crooks n'avait en rien été entamée par l'échange situé dans l'intervalle :

« Crooks était assis sur son lit. Sa queue de chemise sortait de son pantalon. D'une main il tenait une bouteille de liniment et, de l'autre, il se frottait l'épine dorsale. De temps en temps, il versait quelques gouttes du liniment dans la paume rose de sa main, et il se remettait à frotter, la main haut fourrée sous sa chemise. Il contractait les muscles de son dos et tressaillait » (*S.H.*, p. 129).

Ce qui devient, quelques pages plus loin :

« Assis sur son lit, Crooks resta quelques minutes à regarder la porte, puis il leva la main pour atteindre son flacon de liniment. Il releva sa chemise par-derrière, versa un peu de liniment dans sa paume rose et, la passant derrière lui, il commença à se frotter l'épine dorsale » (*SH*, p. 151).

Ces lignes placées à la fin du chapitre IV produisent un effet de clôture — surtout en anglais où Steinbeck n'a pas indiqué de chapitres numérotés. Au lieu de nous dire que Crooks est déçu et fatigué, il nous montre sa paume rose frottant son épine dorsale douloureuse.

Crooks souffre de solitude doublement, parce qu'il est palefrenier et qu'il est noir. Il se confie à Lennie :

« George peut te dire un tas de conneries, et ça n'a pas d'importance. Ce qui compte c'est parler. C'est être avec un autre, voilà tout » (*S.H.*, p. 134).

Après avoir joué avec la crédulité de Lennie en lui faisant entrevoir que George pourrait l'abandonner, Crooks parle de sa solitude bien réelle :

« Les livres, c'est bon à rien. Ce qu'il faut à un homme, c'est quelqu'un... quelqu'un près de lui » (*S.H.*, p. 136).

Crooks relie ce sentiment de solitude à un besoin de s'enraciner dans la terre :

« J'ai connu des gars qu'étaient moitié fous de l'envie d'avoir une terre, mais, chaque fois, un bordel ou une partie de vingt et un leur prenaient ce qu'il leur fallait » (*S.H.*, p. 141).

La concision de Steinbeck donne à son expression en anglais une force aphoristique :

« I seen guys nearly crazy with loneliness for land, but ever'time a whore-house or a blackjack game took what it takes. »

L'expression « loneliness for land » allie la

solitude et le désir obscur de se rattacher à la terre, comme si la terre en général devenait une personne dont on aurait la nostalgie. La formule « took what it takes » est à la fois vague et menaçante littéralement, le bordel et le jeu leur ont pris « ce que ça prend », c'est-à-dire *tout*.

Parmi les figures les plus esseulées du ranch, Crooks, qui lit et réfléchit, n'est peut-être pas le plus mal loti. Candy, qui est vieux et estropié, n'a plus beaucoup d'espoir. Il a pour compagnon un chien aussi vieux que lui, et qui va lui être arraché.

Le chien de Candy est un double ou un prolongement de son maître : comme lui il est vieux, inutile, et en plus il sent mauvais. L'attitude de rejet de Carlson est clairement celle des autres vis-à-vis de l'infirmité et de la vieillesse, puisque Slim, toujours vu comme un sage, énonce ces paroles lourdes de sens et de poids :

« Carl a raison, Candy. Ce chien n'peut plus rien faire pour lui-même. Si je deviens vieux et infirme, j'voudrais que quelqu'un me foute un coup de fusil » (*S.H.*, p. 95).

La soumission de Candy est telle qu'il reprendra la formule de Slim mot pour mot : « J'voudrais que quelqu'un m'envoie un coup de fusil » (*S.H.*, p. 116).

Le passage où Carlson est parti abattre le vieux chien est d'une intensité qui confine au pathétique. Steinbeck, qui sait faire un usage approprié des bruits de fond, sculpte ici le silence pour lui donner une plénitude funèbre :

« Le silence régnait au-dehors. Les pas de Carlson s'effacèrent. Le silence emplit la chambre et le silence se prolongea » (*S.H.*, p. 99)

La tension est acccrue du fait que Steinbeck ne montre rien de la mort du chien, mais suggère le désarroi de son maître :

« Le silence retomba dans la chambre. Une minute s'écoula, puis une autre minute. Candy, étendu, immobile, contemplait le plafond, Slim le regarda un moment puis examina ses mains. Il couvrit l'une avec l'autre et la maintint immobile. Ensuite, on entendit un grignotement sous la porte, et tous les hommes baissèrent les yeux avec reconnaissance. Seul Candy contemplait toujours le plafond » *(S.H.*, p. 100).

Le symbole est double puisque le chien de Candy représente à la fois Candy lui-même, trop vieux pour faire un vrai travail utile au groupe, et Lennie qui sera supprimé pour avoir obéi à son instinct animal. C'est d'ailleurs la même arme, le Luger de Carlson, qui sera l'instrument d'exécution de Lennie.

Au moment de la mort de la jeune femme, Candy perd le contact avec la réalité pour se laisser emporter dans le rêve au moment même où il sait qu'il ne se réalisera pas. Il va jusqu'à dire, dépassant toute vraisemblance :

« Nous sommes pas forcés de rester ici. Nous avons une maison, et des poulets, et des arbres fruitiers, et un ranch cent fois plus joli que celui-ci » (*S.H.*, p. 145).

Parmi les figures isolées du ranch, Whit est celui qui diffuse l'opinion du groupe à plusieurs reprises, sans avoir de trait distinctif. Contrairement à Carlson, qui suggère et accomplit l'exécution du chien, il n'a pas un instinct de justicier.

L'épisode, en apparence anodin (*S.H.*, p. 96-97), où Whit lit une lettre rédigée par un ancien ouvrier qu'il a connu, et parue dans le courrier des lecteurs d'un magazine, est très révélateur de l'opposition entre un homme qui a des réactions enfantines d'enthousiasme (Whit) et un autre, qui agit avec la plus grande insensibilité (Carlson). Au moment même où Carlson tente d'accomplir son acte d'épuration (en abattant le chien de Candy), Whit s'émerveille de voir le nom d'un ami dans le journal. Pour l'un, avoir son nom imprimé dans le journal signifie une certaine reconnaissance et la fin de la solitude, pour l'autre l'action (même brutale) compte plus que les sentiments.

La fin du roman, en donnant le dernier mot à Carlson, semble opter pour une vision pessimiste où les Carlson domineraient les Whit.

Steinbeck, cependant, manie l'ambiguïté puisque c'est Slim qui accompagne George. Or, Slim est l'homme d'action par excellence, mais contrairement à Carlson, il agit en justifiant ses gestes, témoignant ainsi de son respect du sentiment des autres. Il n'y a donc pas chez Steinbeck d'opposition simple entre celui qui pense et celui qui agit, mais entre celui qui trouve le mot et le geste justes (Slim) et celui qui accomplit des actes irréfléchis (Carlson).

Comme une cohorte vouée à l'errance, ces êtres remâchent leur solitude que les rêves de petite propriété foncière ne parviennent pas à combler. Dans ce monde inhumain qui semble préfigurer l'attente sans fin de Godot par Vladimir et Estragon, ni les personnages secondaires ni les acteurs principaux du drame ne semblent animés de passions qui ouvrent en eux des possibles. Tout semble joué d'avance, d'autant plus que chaque être se réduit à quelques traits qui l'allégorisent.

Tous les êtres vivant au ranch souffrent de ce mal et errent comme des âmes solitaires. Même la femme de Curley, qui a un statut à part, rejoint le malaise général en avouant son sentiment de solitude au palefrenier noir Crooks :

« Oh ! c'est pas moi qui vous ferai des ennuis. Vous croyez que j'aime pas causer à quelqu'un de temps en temps ? Vous croyez que j'm'amuse, à rester toute la journée dans cette maison ? » (*S.H.*, p. 143).

E. LA FEMME ÉCARLATE

Seule femme dans un univers masculin, la « femme de Curley », n'a ni prénom ni patronyme et se voit toujours désignée par des périphrases plus ou moins désobligeantes. Sa première apparition sur le seuil, dans l'embrasure de la porte du baraquement, la désigne comme femme fardée tout entière vouée à une mise en scène de son propre corps, avec pour couleur dominante le rouge :

« Elle avait de grosses lèvres enduites de rouge, et des yeux très écartés fortement maquillés. Ses ongles étaient rouges. Ses cheveux pendaient en grappes bouclées, comme de petites saucisses. Elle portait une robe de maison en coton, et des mules rouges, ornées de petits bouquets de plumes d'autruche rouges » (*S.H.*, p. 72).

Tous les accessoires de la femme de mauvaise vie sont réunis pour composer ce tableau stéréotypé d'une femme légère et vulgaire :

« Sa voix avait quelque chose de nasal et de cassant » (*S.H.*, p. 72); elle « s'adossa au montant de la porte afin de projeter son corps » ; « elle se cambra légèrement. Elle regarda ses ongles » (*S.H.*, p. 72).

Sous le prétexte de chercher son mari elle semble offrir son corps aux regards et aux convoitises de ces hommes esseulés :

« Elle sourit avec malice et fit onduler ses hanches » (*S.H.*, p. 73).

Le portrait est d'autant plus appuyé que la réaction de George est sans nuances :

« Nom de Dieu, quelle traînée ! » (*S.H.*, p. 73).

Il voit en elle une femme vénale :

« J'parie qu'elle filerait pour vingt dollars » (*S.H.*, p. 73).

Autant George est prudent vis-à-vis de l'autre sexe qu'il tient à distance, autant Whit, qui se fait l'écho des sentiments et des préjugés généraux sans recul ni finesse, en est proche :

« Ben, t'as qu'à rester quelque temps et ouvrir les yeux. Tu verras quelque chose. Elle ne cache rien. J'ai jamais rien vu de pareil. Elle passe son temps à faire de l'œil à tout le monde. J'parierais qu'elle fait de l'œil même au palefrenier. Du diable si je sais de quoi elle a envie » (*S.H.*, p. 103).

Il nous livre ainsi une version western du célèbre questionnement de Faust sur l'éternel féminin : « Was Will das Weib ? » / « Que veut la femme ? » Devant cet éternel trop féminin George est le seul à rester insensible, en apparence du moins, et c'est sûrement le plus pessimiste quant à la possibilité pour l'homme de trouver l'âme sœur. À Candy qui commente : « Ben, j'pense que Curley a épousé... une pute », George répond : « Il est pas le premier. Il y en a plus d'un qui a fait ça » (*S.H.*, p. 68).

Symbole de la passion, de la tentation et de l'adultère, la couleur rouge a une fonction bien particulière dans ce récit. Comme métaphore, la robe rouge connote la femme-femelle avec ses appétits toujours inassouvis et est donc synonyme de danger ; le rouge représente aussi le piège qui risque de se refermer sur Lennie et dont il faut l'éloigner de force. Ainsi, pour expliquer à Slim la raison du départ précipité de leur emploi précédent, George parle d' « une gonzesse en robe rouge » et précise : « Il ne voulait que toucher sa robe rouge, tout comme il veut sans cesse caresser ces petits chiens » (*S.H.*, p. 90-91).

Personnage biblique, la femme écarlate, « Babylone, la grande, mère des impudiques et des abominations de la terre », est aussi une image-force de la littérature américaine : ainsi, dans *La Lettre écarlate* (1850) de

« Les deux hommes levèrent les yeux car le rectangle de soleil de la porte s'était masqué. Debout, une jeune femme regardait dans la chambre. »
Des souris et des hommes : première mise en scène théâtrale à Broadway, 1937.
Produit par George Kaufman, avec Claire Luce et Broderick Crawford.
The Billy Rose Theatre Collection, Performing Arts Researcher Center, The New York Public Library.

Nathaniel Hawthorne, où le « A » flamboyant marque la femme du sceau de l'infamie[26].

26. Voir Dossier, p. 164-165.

Si, au chapitre IV (*S.H.*, p. 144), l'allusion qu'elle fait à ses rêves de monter sur les planches paraît superficielle et comme un simple *complément* à sa panoplie de midinette de bazar, sa confession au chapitre V lui octroie un *supplément* d'humanité. Son mariage avec Curley est présenté comme un substitut minable de son rêve de gloire hollywoodienne ; rencontré au Riverside Dance Palace, Curley prend la place de l'homme rencontré au même endroit et qui lui avait fait miroiter une carrière à Hollywood (*S.H.*, p. 161).

En apparence différente de George, la femme de Curley a comme lui le désir de mener « un autre genre de vie » (*S.H.*, p. 161), et son rôle prend des accents pathétiques lorsqu'elle attire sur elle un châtiment disproportionné à la piètre envergure de son rêve. La seule pose théâtrale qu'elle prend sera la dernière, juste avant de mourir :

« Elle leva les yeux vers Lennie et elle esquissa un grand geste du bras et de la main pour montrer qu'elle pouvait jouer. Ses doigts suivaient son poignet conducteur, le petit doigt noblement séparé des autres » (*S.H.*, p. 162).

Steinbeck utilise les possibilités poétiques de la langue en rapprochant deux termes contradictoires, dans une formule proche de l'oxymore[27] : « She made a *small grand* gesture », c'est-à-dire un geste à la fois de faible ampleur physique (« small ») et de grande

27. Oxymore : figure de style qui réunit en une formule deux éléments contradictoires. Exemple : « Cette obscure clarté qui tombe des étoiles » ; cette rencontre inattendue de deux termes produit un effet de choc qui crée un sens nouveau.

portée évocatrice (« grand »). La reprise de l'adverbe « grandly » souligne l'intention mise dans le geste. Elle se prend pour une star et veut faire des gestes grandioses :

« She made a *small grand* gesture with her arm and hand to show that she could act. The fingers trailed after her leading wrist, and her little finger stuck out *grandly* from the rest. »

Morte les vertèbres brisées par la force colossale de Lennie, la jeune femme semble transfigurée par la mort. Dans le portrait qu'il fait d'elle sur son lit de paille, Steinbeck délaisse le mode objectif et impersonnel adopté au long du roman :

« La femme de Curley gisait à demi recouverte de foin jaune. La méchanceté, les machinations, les rancœurs de la solitude ne pouvaient plus se lire sur son visage » (*S.H.*, p. 167).

Curieusement les mêmes détails qui composaient plus haut le portrait d'une catin s'auréolent de douceur et de simplicité :

« Elle était très jolie et toute simple, et son visage était doux et jeune. Ses joues fardées et ses lèvres rougies lui donnaient l'air vivant, et elle semblait dormir d'un sommeil léger. Ses boucles, comme de minuscules tire-bouchons, étaient éparses sur le foin derrière sa tête, et ses lèvres étaient entrouvertes » (*S.H.*, p. 167).

En anglais c'est toujours la même expression à la fois touchante et dérisoire que Steinbeck utilise pour décrire les boucles de sa chevelure qu'il compare systématiquement à de petites saucisses : « Her hair hung in little rolled clusters, like sausages » ; « The curls, like tiny little sausages. »

Ce portrait plein de compassion n'est plus la vision que les hommes du ranch avaient de la femme de Curley, mais celle d'une instance narrative désincarnée qui rend grâce à la beauté d'une âme simple injustement sacrifiée. De maléfique le rouge est devenu signe de vie, et les boucles phalliques ont pris un aspect innocent. La femme de mauvaise vie acquiert en mourant la naïveté paisible d'une Shirley Temple défunte.

Hormis cette parenthèse descriptive où pour la première fois un regard compatissant est jeté sur cette femme, la mort de la femme de Curley ne suscite aucune commisération de la part des protagonistes. Au lieu de la pleurer, Candy insulte de plus belle cette femme-exutoire qu'il voue aux gémonies : « Sacré nom de Dieu de garce » (*S.H.*, p. 171) (« You God damn tramp »), en la rendant responsable de ce qui est arrivé : « Tout le monde le savait que tu ferais du grabuge. T'as jamais rien valu. Tu n'vaux plus rien maintenant, sale fumier » (*S.H.*, p. 171-172). En anglais l'insulte est spécifiquement féminine : « You ain't no good now, you lousy tart » (mot à mot : « sale pute »).

Candy voit uniquement l'effondrement de son rêve, qu'il évoque à l'irréel du présent :

« On n'aurait rien eu à demander à personne. Et on aurait eu un cochon et des poulets... » (*S.H.*, p. 172).

Les larmes qu'il verse sont dues au regret de ne pouvoir s'évader de sa vie actuelle, et sa seule expression de pitié s'adresse, au-dessus du cadavre de la jeune femme, à Lennie, qui ne pourra pas sortir vivant de ce crime :

« Et quand ils furent partis, Candy s'accroupit dans le foin et regarda le visage de la femme de Curley.

« — Le pauvre bougre ! dit-il doucement » (*S.H.*, p. 176).

La femme campée par Steinbeck dans *Des souris et des hommes* est donc plus une victime qu'une actrice dans ce drame. En quelques lignes où se lit un respect pour tout ce qui est humain, Steinbeck dissocie l'instance narrative de l'opinion des personnages, pour mieux faire ressortir la cruauté avec laquelle ils sont passés à côté de sa beauté lorsqu'elle était simplement vivante.

VI ÉTHIQUE ET ESTHÉTIQUE

A. LE DÉSIR PERDU

George, qu'on le voie en Caïn ou en Galaad, est le seul à manifester une attirance contrariée pour les femmes. Lennie, quant à lui, est tout entier tourné vers la satisfaction des besoins les plus élémentaires : la faim, le toucher, et n'est pas plus attiré par les femmes que par les souris. Slim, lui, domine les autres à la manière d'un demi-dieu, sans passion ni désir humains.

Au lieu de dissocier ces trois personnages, avec d'une part le couple Lennie-George et d'autre part Slim, ne peut-on pas analyser les trois ensemble comme représentant les aspects d'une même entité ? Slim serait alors une figure du Surmoi, George, le Moi, et Lennie, le Ça désordonné, l'inconscient qui ne serait pas soumis au refoulement[28].

28. Cf. Sigmund Freud, « Le Moi et le Ça » (1923), traduction Jean Laplanche, in *Essais de psychanalyse*, Paris, Petite Bibliothèque Payot, 1981.

La suppression de Lennie à la fin pourrait ainsi être interprétée comme un moyen pour le Moi de se débarrasser de ses pulsions incontrôlables. La noblesse d'âme généralement attribuée à George serait alors une forme sauvage d'égocentrisme.

Cette séparation en trois correspond aussi à une nécessité d'ordre structural. En répartissant le Surmoi, le Moi et le Ça entre trois « personnages », le romancier évite la confusion des sentiments et la fragmentation des images. L'allégorisation permet d'éviter l'éclatement du cadre réaliste en gardant la maîtrise des rôles et des enjeux.

Pour le romancier, le désir représente un danger d'émiettement comme le suggère Léo Bersani, dans « Le réalisme et la peur du désir » : « Le désir divise le sujet en une multitude de rôles sans liens, et l'amant se perd dans le labyrinthe des sujets partiels[29]. » En plaçant le personnage de Lennie, agi par des pulsions, entre celui de George répondant à la norme et celui de Slim instituant l'ordre, Steinbeck contrôle son microcosme. Sorte de monstre destiné à incarner les aspirations de tout un chacun, Lennie en est le centre abject qui montre ("monstre" vient de *monstrare*, « montrer ») l'horreur que chacun porte en soi.

29. In *Littérature et réalité*, Paris, Seuil, coll. Points, p. 77.

B. UNE MORALE AMBIGUË

Le seul « vrai » crime de ce roman, sur lequel Steinbeck attire très peu l'attention, c'est l'exécution de Lennie par George. George ment et se substitue à la loi, ce qui passe pratiquement inaperçu. En effet, George simule l'état de légitime défense alors qu'en réalité il abat Lennie de sang-froid et de manière préméditée. Lorsqu'il trouve le corps de la jeune femme et qu'il comprend que Lennie est l'auteur du crime, il décide de laisser Candy seul auprès du corps de peur d'être jugé complice. Steinbeck manie l'ellipse narrative avec beaucoup d'efficacité puisqu'il ne dit pas où est allé George pendant ce temps (il a pris le Luger dans la chambre de Carlson). George ment d'abord par omission quand Carlson accuse Lennie d'avoir volé son Luger :

« — Oui, dit George. J'irai. Mais écoute, Curley, le pauvre bougre est cinglé. Faut pas le tuer. Il n'savait pas ce qu'il faisait.

« — Pas le tuer ? cria Curley. Il a volé le Luger de Carlson. Tu parles si on va le tuer.

« George dit mollement :

« — Carlson l'a peut-être perdu, son Luger » (*S.H.*, p. 175).

Il ment ensuite effrontément quand Carlson l'interroge sur les circonstances de la mort de Lennie :

« — Comment que t'as fait ? demanda-t-il.

« — J'l'ai fait, voilà, dit George d'un ton las.

« — Est-ce qu'il avait mon revolver ?

« — Oui, il avait ton revolver.

« — Et tu le lui as enlevé, et tu l'as pris et tu l'as tué ?

« — Oui, c'est ça.

« La voix de George n'était plus qu'un murmure. Il ne cessait de regarder sa main droite qui avait tenu le revolver » (*S.H.*, p. 189-190).

Pourtant les signes indiquent bien la préméditation : ainsi le chapeau noir enfoncé jusqu'aux yeux évoque la cagoule d'un bourreau :

« George avait mis son veston de serge de coton bleue et l'avait boutonné. Il avait abaissé son chapeau noir sur ses yeux » (*S.H.*, p. 172).

« George ne répondit pas, mais il opina lentement. Son chapeau lui descendait si avant sur le front qu'on ne lui voyait pas les yeux » (*S.H.*, p. 173).

Si Steinbeck montre bien la difficulté qu'éprouve George à achever son ami (« Sa main tremblait violemment, mais, bientôt, son visage se figea et sa main se raffermit » (*S.H.*, p. 188), il ne dit pas pourquoi il le fait. Se substituant à la loi humaine, George fait sa justice lui-même, en appliquant la règle tacite du groupe qui vise à se débarrasser des éléments inutiles comme le chien de Candy ou dangereux comme Lennie.

Bien que la dernière scène réunisse George et Slim qui partent boire un verre pour se réconforter après que George a abattu Lennie d'un coup de Luger, c'est l'homme moyen, Carlson, qui a le dernier mot. D'ailleurs ce mot de la fin est énoncé sous forme de question :

« Qu'est-ce qu'ils peuvent bien avoir qui leur fait mal, ces deux-là, t'as une idée, toi ? » (*S.H.*, p. 190).

L'expression en anglais ne précise pas s'ils « ont mal » mais indique qu'il y a quelque chose qui les ronge : « Now what the hell ya suppose is eatin' them two guys ? »

Carlson ne comprend pas ce que Lennie et George font ensemble. C'est un homme primaire qui représente l'individu commun incapable de dépasser ce qu'il voit pour en tirer une conclusion.

Le fait que la conclusion perplexe revienne à cet homme fruste, Carlson, ne manque pas d'intérêt. Carlson ne s'est illustré que par son obstination cruelle à vouloir se débarrasser du vieux compagnon de Candy. En lui donnant la parole, Steinbeck met en scène la présence de l'homme ordinaire confronté au mystère des décisions humaines. Carlson n'a rien saisi de la complexité de la situation qui liait George et Lennie, et il ne voit pas non plus comment interpréter la relation qui s'établit entre George et Slim à la fin. Homme banalement rustre, il est plus dangereux par son insensibilité que Lennie malgré toute sa grossière animalité.

Sans doute par souci de simplification esthétique, l'adaptation théâtrale de *Des souris et des hommes* supprime ces dernières lignes du roman pour conclure sur la mort de Lennie. Plus spectaculaire, cette fin qui voit le corps de Lennie s'écrouler est aussi moins riche, dans la mesure où l'ambiguïté de la fin du roman disparaît. La complicité entre George et Slim maladroitement suggérée par Carlson peut évoquer un au-delà du texte, vers lequel se dirigent les deux personnages de ce drame comme vers un horizon mythique inconnu. En revanche la fin de la pièce, qui est aussi la fin de l'histoire, marque l'arrêt brutal de toute spéculation et réduit le drame à sa dimension morale[30].

30. Voir Dossier p. 182-186.

C. UNE NATURE INDIFFÉRENTE

Le premier et le dernier chapitre du roman diffèrent des quatre autres en ce qu'ils montrent la nature dans son activité quotidienne et ils se ressemblent à quelques nuances près. La comparaison entre le premier et le dernier tableau révèle la minutie et l'attention au détail, caractéristiques de Steinbeck.

Le parallélisme entre la scène d'ouverture du roman et la scène finale est accentué par les effets de lumière. Le roman débute alors que le jour prend fin, mais une lumière rayonnante irradie le sommet des montagnes :

« Le jour tombait vite maintenant. Seul, le sommet des monts Gabilan flambait encore aux rayons du soleil qui avait quitté la vallée » (*S.H.*, p. 38).

Il se termine de même sur une image d'embrasement :

« La lumière montait, quittait le fond de la vallée, et, en même temps, le sommet des montagnes paraissait s'embraser d'une lueur grandissante » (*S.H.*, p. 180).

Ces lignes évoquent certains tableaux des

Des souris et des hommes : film de Lewis Milestone, 1939. Ph. © Kobal Collection.

« D'une secousse elle détourna la tête et Lennie serra les doigts, se cramponna aux cheveux. – Lâche-moi, cria-t-elle. Mais, lâche-moi donc. »
Betty Field et Lon Chaney Jr dans le film de Lewis Milestone. Ph. © Kobal Collection.

Le chien Lenny et l'écureuil fou, une évidente référence...
Tex Avery : *Lenny s'ennuie*, 1946. Ph. Coll. part. D. R.

peintres luministes du XIXe siècle, dont les paysages sont baignés d'une lueur quasi mystique[31].

Une certaine idéalisation de la nature affleure par l'intermédiaire de cette description qui n'est pas seulement destinée à évoquer un contexte dramatique. Steinbeck semble lire dans le paysage une indifférence triomphale de la nature à un drame humain qui se voit réduit aux dimensions d'une simple péripétie.

Le paysage est peuplé d'animaux aquatiques, comme ce serpent reconnaissable grâce à la comparaison inhabituelle utilisée par Steinbeck :

« Un serpent ondula dans l'eau, la tête dressée comme un petit périscope » (*S.H.*, p. 38).

De même que c'est une main qui semblait briser les vertèbres de la jeune femme et non un individu, c'est un bec de héron qui attrape le serpent d'eau au dernier chapitre :

« Une tête et un bec s'élancèrent sans bruit et saisirent le serpent, et le bec l'avala par la tête tandis que la queue s'agitait, éperdue » (*S.H.*, p. 179).

Après ce drame en miniature, qui semble rejouer la mort de la jeune femme et préfigurer celle de Lennie, la vie reprend son cours normal puisqu'un petit serpent identique (avec une tête en forme de périscope) refait surface devant le héron :

« Immobile le héron attendait. Un autre petit serpent remonta la rivière, tournant de droite et de gauche sa tête en petit périscope » (*S.H.*, p. 180).

Par le biais de la comparaison avec le périscope déjà présente au premier chapitre,

31. Héritiers de la Hudson River School (avec Asher B. Durand, Thomas Cole et Frederick Church), les peintres « luministes » américains dont les plus célèbres sont Martin Johnson Heade (1819-1904), Fitz Hugh Lane (1804-1865) et John F. Kensett (1816-1872) peignent un paysage américain influencé par la vision transcendantaliste. Souvent circonscrits par des montagnes ou le bord d'un lac ces lieux semblent baigner dans une lumière mystique.

Steinbeck attire notre attention sur le caractère répétitif de la situation, comme si dans la nature aussi bien qu'en société les événements se répétaient, identiques à eux-mêmes, dans l'indifférence générale.

Les tragédies humaines ne semblent jamais altérer le cours de la vie puisqu'au moment de la mort de la jeune femme, un pigeon traverse l'écurie tandis que la chienne aux mamelles pleines de lait rencontre le cadavre, dans un moment de cruelle ironie :

« Un pigeon entra par le vantail grand ouvert pour le passage du foin. Il décrivit un cercle, puis ressortit. Une chienne de berger apparut au coin de la dernière stalle. Elle était mince et longue, et ses lourdes mamelles pendaient » (*S.H.*, p. 167).

La réaction instinctive de l'animal (poil hérissé, gémissements) est la seule manifestation qui soit proche d'un sentiment humain, alors qu'aucun des hommes du ranch n'exprime de douleur ni de tristesse devant le corps de la jeune femme.

À relire uniquement les deux tableaux de début et de fin on repense au titre prévu, « Something that happened » (« Quelque chose qui s'est passé »). Le cours normal de la vie naturelle où les hérons mangent les serpents d'eau n'a pas été perturbé par les événements du ranch. Le cadre de l'histoire atteste du caractère imperturbable de la nature. L'absence de causes premières et de fins dernières n'a pas besoin d'être démontrée — elle est patente.

Malgré toute sa volonté de retranscrire des faits bruts sans interprétation, Steinbeck dote la nature d'une aura impénétrable. Un simple adverbe (« mystérieusement ») suffit à trahir cette échappée dans le non-rationnel. Le mystère de la nature et son caractère obscur sont évoqués à l'ouverture du roman par le surgissement lent d'une grosse carpe :

« Une grosse carpe monta à la surface de l'eau, prit une gorgée d'air, puis se renfonça mystérieusement dans l'eau noire, laissant des cercles s'élargir sur l'eau » (*S.H.*, p. 42).

D'ailleurs les tableaux de début et de fin, bien que presque identiques, ne sont pas figés. Le lieu, marqué du sceau de la solitude (Soledad), est peuplé d'une vie en éveil : l'eau, les arbres (« des saules, d'un vert jeune quand arrive le printemps », des « sycomores ») et les petits animaux qui se rassemblent là à la tombée du jour :

« Sur la rive sablonneuse, les feuilles forment, sous les arbres, un tapis épais et si sec que la fuite d'un lézard y éveille un long crépitement. Le soir, les lapins, quittant les fourrés, viennent s'asseoir sur le sable, et les endroits humides portent les traces nocturnes des ratons laveurs, les grosses pattes des chiens des ranches, et les sabots fourchus des cerfs qui viennent boire dans l'obscurité » (*S.H.*, p. 29-30).

En ouverture et à la fin du roman, Steinbeck peint une nature paisible magnifiée par les rayons du soleil couchant. L'embrasement magnifique du sommet des monts Gabilan pare le drame d'une lueur surnaturelle. Loin de conserver une distance impartiale, Steinbeck révèle ici un respect pour la nature qui évoque les professions de

32. Voir Dossier, p. 166-168.

33. Voir Dossier, p. 168-169.

foi d'Emerson dans son essai *Nature* (1836)[32] ou la retraite d'un Thoreau dans *Walden* (1854)[33] à la fin du XIXe siècle. Ce mysticisme diffus bien américain fait de la Nature une force omniprésente où les pas de l'homme n'ont pas plus de sens qu'une trace de cerf sur le sable humide, mais où animaux et hommes peuvent trouver un abri.

C'est d'ailleurs dans une caverne accueillante que Lennie pense se réfugier si George ne voulait plus de lui :

« J'pourrais m'en aller dans les collines, là-bas. J'trouverais bien une caverne quelque part. [...]

« — Si tu n'veux plus de moi, je peux m'en aller dans les collines me chercher une caverne » (*S.H.*, p. 45).

De même, George lui recommande de venir se cacher dans les fourrés s'il lui arrive des ennuis (*S.H.*, p. 49-50).

C'est là qu'il le retrouve et la lumière s'estompe pour baigner la nature dans un halo de douceur fatale :

« Il n'y avait plus que l'extrême crête des montagnes qui fût maintenant au soleil. Dans la vallée, l'ombre était douce et bleue » (*S.H.*, p. 184).

Cette idéalisation un peu mystique de la Nature qui semble en contradiction avec les théories non téléologiques de Steinbeck est l'un des charmes de sa prose qui repose sur un contraste entre distance et proximité : distance vis-à-vis de la profondeur des êtres et des choses, et proximité vis-à-vis de tous les mouvements les plus ténus du monde animal et du peuple des hommes.

C'est avec l'objectivité d'un entomologiste qui étudie les insectes au microscope que Steinbeck présente les faits humains et animaux comme s'ils se réduisaient à leurs composantes extérieures. L'échange constant entre l'humain et l'animal suggère à Steinbeck des évocations visuelles qui donnent à sa prose la saveur poétique que procurent les rapprochements inédits :

« Sur les rives sablonneuses, les lapins s'étaient assis, immobiles, comme de petites pierres grises, sculptées » (*S.H.*, p. 30).

Ces petits lapins à la netteté minérale préfigurent sans doute les lapins dont Lennie rêvera de s'occuper dans la ferme idéale, ou le gros lapin persifleur de la fin. Ils donnent surtout à ce paysage inaugural la fraîcheur d'un monde à l'abri de la faute, d'un Éden non encore défriché.

Souvent accusé de sentimentalisme, Steinbeck manifeste ici un sens de la sobriété et de l'épure proche de celle des modernes (Beckett), tandis que l'enchaînement des épisodes évoque la machinerie inexorable de la tragédie antique.

CONCLUSION

L'extraordinaire succès populaire qu'a connu *Des souris et des hommes* dès sa parution ne s'est pas démenti, alors même que l'œuvre de Steinbeck ne connaît plus la même vogue dans les milieux littéraires.

Si *Des souris et des hommes* survit à son époque, c'est grâce à la limpidité de son verbe qui suggère sans démontrer. Steinbeck se révèle un maître de la composition et du détail, un stratège et un styliste. Rien n'est laissé au hasard, chaque élément s'inscrit dans un ordre orchestré par l'artiste.

Par son refus de conclure ou d'imposer un sens univoque à ses compositions, Steinbeck laisse cependant au lecteur la place d'imaginer l'objet toujours obscur de son désir, comme celui de ces hommes et de cette femme de l'Ouest.

Des souris et des hommes montre l'échec du rêve sans condamner les rêveurs. Il peint l'indifférence cruelle de la Nature sans la défigurer — et s'il se garde bien de nommer une divinité supérieure, il irradie ses paysages d'une lumière lustrale.

Face au grouillement de la vie animale et au désordre des passions humaines, Steinbeck coupe court au verbiage. Il ennoblit la souffrance humaine par un dépouillement rigoureux et impose la cadence hiératique de son lyrisme *taciturne*.

DOSSIER

I. BIOGRAPHIE

A. CHRONOLOGIE

1902 Naissance de John Ernest Steinbeck à Salinas, en Californie.

1919 Diplômé de la Salinas High School.

1920 Étudiant intermittent à l'université de Stanford (biologie marine).

1924 Publie ses premiers textes dans *The Stanford Spectator.*

1925 Quitte Stanford sans diplôme et part pour New York où il est manœuvre sur le chantier de construction du Madison Square Garden et reporter au magazine *American* de New York.

1926 Retour en Californie et débuts d'écrivain.

1929 Publication de *La Coupe d'Or.*

1930 Mariage avec Carol Henning. Rencontre avec le biologiste Edward Ricketts, spécialiste des fonds marins.

1932 Publication des *Pâturages du Ciel.*

1933 Publication d'*Au Dieu Inconnu.*

1935 Publication de *Tortilla Flat* et première reconnaissance de Steinbeck comme écrivain à part entière.

1936 Parution d'*En un combat douteux.*
Voyage au Mexique.

1937 Publication de *Des souris et des hommes* en février. Steinbeck va à New York et en Pennsylvanie travailler à l'adaptation théâtrale. La pièce, jouée par le Music Box Theater à New York en novembre, remporte le prix du Cercle de la critique pour cette saison. Distribué par « The Book of the Month Club », le livre assure à son auteur son confort matériel.
Publication de la nouvelle *Le Poney rouge.* Premier

voyage en Europe. Plus tard la même année Steinbeck accompagne les immigrants de l'Oklahoma vers l'Ouest.

1938 Publication de *La Grande Vallée.*

1939 Publication des *Raisins de la colère.*

1940 Obtient le prix Pulitzer pour *Les Raisins de la colère.* Part dans le golfe de Californie recueillir des échantillons d'invertébrés marins avec son ami le biologiste Ed Ricketts.

1941 Publication de *The Sea of Cortez (La Mer de Cortez).* Sortie des films tirés de *Des souris et des hommes* (Lewis Milestone) et des *Raisins de la colère* (John Ford).

1942 Divorce d'avec Carol Henning. Publication de *Nuits noires* (roman antinazi traduit clandestinement par les éditions de Minuit) et d'une brochure commandée par l'armée de l'air américaine, *Lâchez les bombes.*

1943 Épouse Gwyndolen Conger. Réside à New York. Plusieurs mois correspondant de guerre du *New York Herald Tribune.* Publication du *Portable Steinbeck.*

1944 Naissance de son fils Thomas. Publication de *Rue de la Sardine.* Écrit le script du film *Lifeboat.* (A. Hitchcock).

1946 Naissance de son fils John.

1947 Voyage en U.R.S.S. avec le photographe Robert Capa. Publication des *Naufragés de l'autocar* et de *La Perle.*

1948 Élection à l'Académie américaine des lettres.
Divorce d'avec Gwyndolen Conger.
Publication de *Journal russe.* Mort d'Ed Ricketts.

1949 Sortie du film *Le Poney rouge* (L. Milestone).

1950 Sortie du film d'Elia Kazan *Viva Zapata*, scénario écrit par Steinbeck, avec Marlon Brando en vedette. Publication de *La Flamme.*
Épouse Elaine Scott en décembre.

1952 Publication d'*À l'est d'Éden.*
1954 Parution de *Tendre Jeudi.*
1955 Sortie du film d'Elia Kazan avec James Dean, *À l'est d'Éden.*
1957 Publication du *Règne éphémère de Pépin IV.*
1958 *Il était une fois une guerre*, publication de ses bulletins et articles de guerre.
1959 Passe un an en Angleterre à étudier *La Morte d'Arthur.*
1960 Parcourt les États-Unis en camion avec son chien Charley.
1961 Publication de *L'Hiver de notre mécontentement.*
1962 Publication de *Voyages avec Charley.*
Reçoit le prix Nobel de Littérature en décembre.
1963 Participe, avec le dramaturge Edward Albee, à un programme d'échange culturel derrière le Rideau de fer .
1964 Reçoit la médaille présidentielle de la Liberté.
1966 Publication de *L'Amérique et les Américains.*
1968 John Steinbeck meurt à New York, le 20 décembre.
1969 Publication de *Journal d'un roman : À l'est d'Éden.*
1971 *The Portable Steinbeck*, réédition.
1975 Publication de sa correspondance : *Steinbeck : A Life in Letters.*
1976 *La Geste du roi Arthur et de ses preux chevaliers*, version de *La Morte d'Arthur* imaginée par Steinbeck, publiée à New York.

B. PORTRAIT DE L'AUTEUR

a) L'HUMANISTE ENGAGÉ

Lauréat du prix Nobel de Littérature en 1962, John Steinbeck incarne l'écrivain américain sûr de sa vocation, et pour qui la litté-

« Et Curley est habile, bougrement habile. Il a boxé dans les finales pour les Gants d'Or. Il a des coupures de journaux là-dessus. »
Un combat des Golden Gloves : Bobby Buzzella contre Vince Montana au Madison Square Garden de New York, 22 février 1937. Ph. © UPI/Bettmann.

rature est au service des valeurs démocratiques fondatrices de l'Amérique. Loin des coteries et des modes réservées à une élite, il proclame sa foi dans la fonction de communication de l'écrit. À la fin de son discours d'acceptation du prix Nobel, il paraphrase l'apôtre saint Jean : « À la fin est le verbe et le verbe c'est l'homme, et le verbe est avec l'homme. »

C'est précisément sa tendance à mélanger mysticisme et réalisme qui lui a été reprochée dans les années soixante, où un journaliste français écrit dans un hebdomadaire : « Le Nobel a 80 ans de retard.[...] L'Académie suédoise couronne aujourd'hui l'un des premiers avatars du roman réaliste[...] les derniers disciples de Zola ont senti cette semaine qu'un peu de gloire posthume venait de passer sur le maître[1]. »

Souvent présenté comme un colosse aux yeux bleus, bourru et plein de charme, Steinbeck a fait profession d'anti-intellectualisme en continuant à vivre parmi les humbles qu'il décrit dans *Des souris et des hommes* ou *Les Raisins de la colère.* Ainsi le jour de la première de la pièce tirée de *Des souris et des hommes* à Broadway, il est dans un camp de travailleurs en Californie. Après avoir fait le trajet avec les ouvriers agricoles chassés de l'Oklahoma par la sécheresse et la crise économique, il partage la vie des « Hoovervilles ». Toutes les chroniques biographiques accentuent son côté « homme de terrain », qui met à mal le mythe de l'écrivain aux mains blanches. Cela ne suffit sans doute pas à expliquer la force de son œuvre qui emprunte au roman naturaliste et à l'allégorie biblique une magie évocatoire sans égale.

Dans sa biographie on relève que sa mère, institutrice, a encouragé John et ses trois sœurs à la lecture et que le jeune Steinbeck

1. Cité par Patrick Rafroidi, *John Steinbeck,* Paris, Éditions Universitaires, coll. Classiques du XXe siècle, 1962, p. 26.

a sans doute passé autant de temps à lire qu'à faire du rodéo au pied des monts Gabilan, dans la vallée de Salinas, à environ cent vingt kilomètres au sud de San Francisco. Le cadre de son enfance dans le « Golden State », au milieu de terres vastes et prospères, a sans doute influencé sa vision d'une nature généreuse et nourricière, que l'on retrouve à la fois dans *Le Poney rouge* et dans *Les Raisins de la colère*.

S'il a manifesté peu d'intérêt pour les études, il a quand même étudié la biologie marine à l'université de Stanford, goût qui ne le quittera jamais. Son amitié exemplaire et quasi légendaire avec le biologiste Ed Ricketts, spécialiste des fonds marins, l'a conduit à poser les grands axes d'une pensée non téléologique dans un écrit qui relève du document de voyage et du rapport scientifique, *La Mer de Cortez*. De la biologie il a surtout retiré une méthode caractérisée par l'observation minutieuse des faits de la vie réelle. La part de commentaire philosophique est souvent transmise par la composition remarquable de ses œuvres, comme la structure fuguée de *Des souris et des hommes* et les chapitres intercalaires des *Raisins de la colère* qui forment un contre-chant essentiel à l'interprétation de l'ensemble.

Sur le plan personnel, l'écriture a été très tôt un mode de vie exclusif et un moyen de subsistance. Après avoir essayé divers petits boulots comme manœuvre sur le chantier de construction du Madison Square Garden à New York ou journaliste pour le magazine *American* de New York, il retourne en Californie dès 1926 pour se consacrer entièrement à la rédaction de romans et de nouvelles.

Un aspect moins connu de la carrière de Steinbeck : son lien avec les studios d'Hollywood. Steinbeck a été le scénariste de films très importants auxquels on ignore souvent sa contribution.

Les *Raisins de la colère* de John Ford a fait l'objet de nombreuses exégèses[1]. Mais sait-on que Steinbeck est le scénariste de deux films d'Elia Kazan (*À l'est d'Éden* et *Viva Zapata*) et d'un film de guerre signé Hitchcock, *Lifeboat* ? La célébrité des acteurs principaux d'*À l'est d'Éden* (James Dean) et de *Viva Zapata* (Marlon Brando) et des metteurs en scène explique sans doute pourquoi le nom de l'écrivain passe presque inaperçu au générique.

Sur le plan politique, Steinbeck a eu un itinéraire assez controversé : s'il a activement participé à la résistance antinazie avec *Nuits noires* (1942), traduit par les éditions de Minuit et distribué clandestinement en France, ses articles de chroniqueur envoyés du Viêt-nam pendant la guerre lui ont valu de perdre quelques amis.

b) L'ÉCRIVAIN AU TRAVAIL

Avare d'informations sur sa vie privée, Steinbeck prétend que sa mémoire n'est pas fiable et que les journalistes feraient aussi bien d'inventer des faits sur sa vie, le genre biographique relevant pour lui du domaine de la fiction[2]. Il est particulièrement discret sur la période new-yorkaise qui a suivi son premier divorce et son remariage (1943). Installé dans deux immeubles cossus de Manhattan au 175-177 East de la 72e Rue, il protège de l'indiscrétion publique à la fois son couple et ses deux fils, Tom et John.

En revanche il ne répugne pas à parler de son art. En 1947, par exemple, Steinbeck fait visiter à un journaliste de *Cosmopolitan* la pièce où il écrit[3] : antre sans fenêtre pour éviter

1. George Bluestone, *Novels into Film*, Berkeley, University of California Press, 1957, rééd., 1973.
2. Cité notamment par Lewis Gannett, « John Steinbeck : Novelist at Work », *The Atlantic Monthly*, décembre 1945, repris dans *Conversations with John Steinbeck*, *op. cit.*, p. 28.
3. Robert Van Gelder, « Interview with a Best-Selling Author : John Steinbeck », *Cosmopolitan*, avril 1947, repris dans *Conversations with John Steinbeck*, *op. cit.*, p. 43-48.

toute tentation extérieure, elle contient une machine à écrire électrique, mais aussi de nombreux cahiers brochés, et autres blocs-notes jaunes sur lesquels il écrit au crayon d'une petite écriture fine. Mais l'instrument le plus original pour un écrivain c'est sans doute l'appareil enregistreur muni de disques pouvant contenir quinze minutes de texte lu à haute voix. C'est ainsi que Steinbeck travaille : il dicte son manuscrit à la machine qui le lui restitue, puis il le corrige et enregistre la version corrigée qu'il transmet à sa secrétaire.

Le goût de Steinbeck pour les sons de la langue se manifeste jusque dans sa méthode de travail. La vérité de ses dialogues et la netteté rythmique de sa prose viennent sans doute de cette façon de faire passer le texte par la bouche, dans une sorte de « gueuloir » flaubertien sur microsillon.

c) DES SOURIS ET DES HOMMES ET UN CHIEN : DESTIN D'UN MANUSCRIT

Steinbeck raconte[1] que son jeune setter Toby avait déchiqueté la moitié de son cahier contenant le manuscrit de *Des souris et des hommes*, qu'il persiste à désigner du nom peu flatteur de « Livre des souris » (« The Mice Book »). À ce stade aucun double n'avait été préservé.

Steinbeck garde une distance ironique vis-à-vis de cette mini-catastrophe et déclare que le chiot a peut-être fait œuvre de critique littéraire en le détruisant. Il ajoute que, pour ce manuscrit dont la valeur n'était pas attestée, il a laissé la vie sauve à son chien à qui il s'est contenté d'administrer une bonne correction.

Devant l'ampleur du succès que les journalistes prédisent à *Des souris et des hommes* même avant sa parution, Steinbeck s'impatiente et confie : « À propos du Livre des Souris — avant sa publication, on a écrit beaucoup de sornettes. Je ne sais pas si

1. Lettre du 27 mai 1936, *Letters*, *op. cit.*, p. 124-125.

j'aime beaucoup l'adulation. J'ai su me défendre contre les attaques. Je ne suis pas si sûr de pouvoir me protéger de la flatterie[1]. »

À la veille de la publication, Steinbeck fait part de ses doutes sur l'engouement dont il est l'objet. Il élève son chien Toby, qui avait réduit le premier manuscrit en charpie, au grade de « lieutenant-colonel chargé des lettres ». Quant aux goûts de ses contemporains, il ne leur accorde que peu de crédit.

La publication de *Des souris et des hommes* marque la fin d'une époque dans la carrière de John Steinbeck : l'adieu à l'anonymat et aux vaches maigres.

Toujours plein d'humour, Steinbeck a déclaré que les premières critiques intéressantes sont sorties à propos de *Tortilla Flat*, mais que les chèques n'ont commencé à tomber qu'avec *Des souris et des hommes*. On mesure l'étendue de sa pauvreté lorsqu'il se réjouit d'avoir pu s'offrir un chauffage au kérosène pour son bureau, ce qui lui permet d'avoir chaud aux mains pour écrire.

Déjà rendu célèbre par *Tortilla Flat* et *En un combat douteux*, Steinbeck acquiert une certaine aisance matérielle à partir de 1937 : *Des souris et des hommes*, sélectionné pour le Livre du Mois («The Book of the Month Club »), lui assure un public populaire, et le propulse aussitôt dans le monde du spectacle avec l'adaptation théâtrale à Broadway et les droits du film achetés par Hollywood.

Le succès de scandale des *Raisins de la colère* achève de le rendre célèbre puisqu'il obtient le prix Pulitzer, sorte de Goncourt américain, en 1940.

1. Lettre du 27 janvier 1937, *Letters, op. cit.*, p. 135

II. INTERTEXTE

A. LES ANCÊTRES DE LENNIE : TULARECITO ET JOHNNY BEAR

Dans *Les Pâturages du ciel* (1932), le chapitre IV décrit un personnage hybride. Comme Lennie, Tularecito sait se montrer d'une grande tendresse, mais lorsque sa colère se déchaîne, elle ne connaît pas de limite. Ce qui le met hors de lui, c'est que l'on supprime ses œuvres (gravure ou dessin), ainsi que le montre l'épisode suivant :

John Steinbeck, *Les Pâturages du ciel*, p. 76-78.

Quand Miss Martin, l'institutrice, découvrit le talent de Tularecito, elle lui donna un morceau de craie et lui dit de faire une procession d'animaux autour du tableau. Tularecito travailla longtemps, la classe une fois finie, et, le lendemain matin, on trouva sur les murs un étonnant défilé. Tous les animaux que Tularecito avait jamais vus se trouvaient là ; tous les oiseaux des collines volaient au-dessus d'eux. Un serpent à sonnettes rampait derrière une vache ; un coyote, la queue fièrement dressée, reniflait sur les talons d'un porc. Il y avait des matous et des chèvres, des tortues et des chiens sauvages, chacun de ces animaux dessiné avec un détail et une vérité étonnants.

Miss Martin fut abasourdie par le génie de Tularecito. Elle le complimenta devant toute la classe et fit un bref commentaire à propos de chacune des créatures qu'il avait dessinées. En elle-même, elle savourait par avance la gloire qui lui reviendrait pour avoir découvert et encouragé ce génie.

— Je peux en faire des tas d'autres, lui dit, en manière d'information, Tularecito.

Miss Martin lui donna une tape sur sa grosse épaule.

— Et vous en ferez, dit-elle. Vous dessinerez tous les jours. C'est un grand don que Dieu vous a fait.

Alors elle comprit l'importance de ce qu'elle venait de dire. Elle se pencha et regarda d'un œil scrutateur dans les yeux durs de Tularecito, tout en répétant lentement :

— C'est un *grand don* que Dieu vous a fait.

Miss Martin jeta un coup d'œil à l'horloge et annonça brièvement :

— Quatrième division d'arithmétique — au tableau.

Les élèves de la quatrième division quittèrent leurs bancs en bataillant, saisirent des chiffons et commencèrent à effacer les animaux pour faire de la place pour leurs chiffres. Ils n'avaient pas donné deux coups de chiffon que Tularecito chargeait. Ce fut un grand jour. Miss Martin, aidée par l'école tout entière, ne parvint pas à le contenir, car le furieux Tularecito avait la force d'un homme, et, pour mieux dire, d'un fou. Au cours de la bataille qui suivit, tout fut détruit dans la classe, des ruisseaux d'encre furent répandus, les pupitres renversés, les fleurs de la maîtresse jetées partout à poignées. Les vêtements de Miss Martin furent déchirés et transformés en rubans, et les grands garçons, sur qui retombait le fardeau de la bataille, furent cruellement battus et meurtris. Tularecito luttait avec les mains, les pieds, les dents et la tête. Il ne connaissait aucune règle d'honneur et, à la fin, il vainquit. Tout le monde, Miss Martin à l'arrière-garde, déserta le bâtiment d'école, laissant le furieux Tularecito maître du terrain. Quand ils furent partis, il ferma la porte, essuya le sang qui lui coulait sur les yeux, et se mit au travail, pour réparer les dessins d'animaux qui avaient été détruits.

Inspiré par les lectures à haute voix de son institutrice, Tularecito se découvre une affinité souterraine avec les gnomes qu'il tente de retrouver la nuit en creusant des trous dans la terre. Ce fouissement primitif qui lui permet de trouver une « patrie » est aussi ce qui causera son enfermement psychiatrique. Comme Lennie, Tularecito a

une âme simple mais son incapacité à respecter les règles de vie en société le rend inapte à continuer à faire partie du groupe humain.

Ibid., p. 92-93.

Vint la nuit, et Tularecito sortit du buisson pour continuer à creuser son trou. Quand il le trouva comblé, il rugit comme un animal sauvage, et puis, il changea d'idée et il rit. « Mes frères sont venus ici, dit-il joyeusement. Ils n'ont pas su qui avait fait ce trou, ils ont eu peur. Ils ont rempli le trou à la manière d'un blaireau. Cette fois, je me cacherai, et quand ils viendront combler le trou, je leur dirai qui je suis. Alors ils m'aimeront. »

Et Tularecito creusa le trou et le fit encore plus profond qu'avant, parce que beaucoup de terre avait été fraîchement remuée. Juste avant l'aurore, il se retira dans le buisson à la lisière du verger, et s'allongea sur le sol pour guetter.

Bert Munroe sortit avant le déjeuner pour regarder à nouveau à son piège, et il trouva encore le trou ouvert. « Les petits démons ! s'écria-t-il. Ils y tiennent ! Je parierais bien que Manny est dans le coup ! »

Il observa le trou pendant un moment et commença à y pousser la terre avec le côté de son pied. Un grognement sauvage le fit se retourner. Tularecito le chargeait, sautant comme une grenouille sur ses longues jambes et brandissant sa pelle comme une massue.

Quand Jimmie Munroe vint chercher son père pour le déjeuner, il le trouva étendu sur le monceau de terre. Il saignait de la bouche et du front. Des pelletées de boue jaillissaient de la fosse.

Jimmie pensa que quelqu'un avait tué son père et se préparait à l'enterrer. Il courut chez lui, fou de terreur, et par téléphone appela un groupe de voisins.

Une demi-douzaine d'hommes arrivèrent en rampant à la fosse. Tularecito se battit comme un lion blessé, et tint bon, jusqu'au moment où ils le frappèrent sur la tête avec sa propre pelle. Puis ils le lièrent et l'enfermèrent en prison.

À Salinas, un comité médical examina le garçon. Quand les docteurs lui posèrent des questions, il leur sourit calmement et ne répondit pas. Franklin Gomez dit au comité ce qu'il savait et demanda la garde de Tularecito.

— Nous ne pouvons vraiment pas faire cela, Mr Gomez, dit finalement le juge. Vous dites qu'il est un bon garçon. Seulement, pas plus tard qu'hier, il a essayé de tuer un homme. Vous devez comprendre que nous ne pouvons le laisser en liberté. Tôt ou tard, il réussira à tuer quelqu'un.

Après une courte délibération, il confia Tularecito à un asile pour les fous criminels à Napa.

***Johnny Bear* fait partie des nouvelles écrites par Steinbeck dans sa période d'apprentissage, mais qu'il a eu du mal à publier avant le succès de *Des souris et des hommes*. Ainsi *Johnny Bear* paraît en 1938 seulement dans *La Grande Vallée*, mais Johnny l'Ours est sans doute une esquisse du personnage de Lennie.**

Lorsque Steinbeck invente des personnages d'idiots comme Lennie dans *Des souris et des hommes,* ou Johnny Bear dans *La Grande Vallée,* il n'étudie pas des cas d'anormalité. Au contraire il s'intéresse à ces êtres qui font partie de la famille des hommes au même titre que ses leaders. Le groupe humain comporte des inégalités comme les bancs de poissons ou les algues marines. Pour induire ce rapprochement, Steinbeck pratique le raisonnement par analogie. Johnny est un ours, comme l'indique le portrait qui va suivre, mais il sort « de son trou comme un blaireau » (*G.V.*, p. 109) et, à la fin de la nouvelle, « ses bras enveloppèrent Alex comme les tentacules d'une anémone de mer enveloppent un crabe » (*G.V.*, p. 110).

John Steinbeck, *La Grande Vallée*, p. 84-85

Alex me toucha du coude et dit : « C'est Johnny l'Ours. » Je regardai.

Son nom le décrivait mieux que je ne saurais faire. Il avait l'air d'un grand ours stupide et souriant. Sa tête noire hirsute se balançait en avant et ses longs bras pendaient comme s'il eût dû normalement se tenir à quatre pattes et ne tenait debout que parce qu'il avait appris ce tour. Ses jambes courtes et arquées étaient terminées par d'étranges pieds carrés. Il était vêtu d'une salopette bleu marine, mais ses pieds étaient nus ; ils ne semblaient pas être infirmes ni difformes en aucune façon, mais ils étaient carrés, exactement aussi larges que longs. Il se tenait à l'entrée en balançant ses bras par saccades, à la manière des idiots. Son visage avait un sourire d'imbécile heureux, il s'avança et, malgré toute sa masse et sa lourdeur, il semblait glisser. Il ne se déplaçait pas comme un homme, mais comme quelque bête de proie nocturne. Au bar il s'arrêta, ses petits yeux brillants allèrent de visage en visage, en expectative, et il demanda : « Whisky ? ».

B. LA « FRONTIÈRE » COMME MOTEUR DE L'HISTOIRE AMÉRICAINE

Publié en 1894, l'essai de Frederick Jackson Turner rompait avec toute une tradition historique en reliant l'évolution sociale de l'Amérique à la conquête des territoires vacants de l'Ouest. À la progression temporelle des historiographes européens, Turner substitue une lecture spatiale, qui fait de la ligne de partage entre vie civilisée et « wilderness » (« vie sauvage »), la « frontière » où s'invente l'*Homo americanus*.

F.J. Turner, *La Frontière dans l'histoire des États-Unis*, trad. Annie Rambut, PUF, 1963, p. 32-33.

La frontière nous légua certaines caractéristiques intellectuelles très importantes, que l'on retrouve parfois dans les ouvrages des premiers voyageurs. Si ces caractéristiques se sont atténuées, elles subsistent encore là où elles sont nées, même lorsqu'un système social plus perfectionné a succédé aux conditions d'existences initiales. L'intellectuel américain doit à la frontière ses traits les plus marquants : de la vigueur jointe à de la curiosité et à de la clairvoyance ; une tournure d'esprit pratique et inventive, prompte à trouver des expédients ; une parfaite maîtrise des choses matérielles impliquant une certaine négligence à l'égard des choses artistiques, mais permettant d'obtenir de grands résultats ; une énergie inlassable ; un individualisme foncier au service du bien et du mal, et avec tout cela la vivacité et l'exubérance que donne la liberté. Telles sont les caractéristiques léguées par la frontière et appelées à se répandre en raison de l'existence même de cette frontière. L'Amérique, depuis l'époque où Christophe Colomb naviguait dans les eaux du Nouveau Monde, est devenue synonyme de chances offertes et le peuple américain doit son énergie à la possibilité d'expansion sans fin qui s'offrit à lui, à cette expansion vers l'Ouest qui lui fut même imposée. Il serait imprudent de prétendre que la vie américaine a perdu ce caractère expansionniste. Le mouvement l'a toujours caractérisée ; et à moins que celui-ci n'ait aucun effet sur la formation d'un peuple, l'énergie américaine aura toujours besoin d'un champ d'action accru. Mais les distributions de terres gratuites n'auront plus lieu. La frontière rompt momentanément tout lien avec la coutume, et les contraintes disparaissent. On ne fait toutefois pas table rase. Le contexte américain est là, obstiné, impérieux, ne cessant d'imposer ses conditions. Les habitudes héritées de nos pères sont là aussi. Et pourtant, malgré le milieu, malgré la coutume, chaque frontière a donné des chances nouvelles, en permettant d'échapper à l'emprise du passé. Vigueur et confiance, mépris pour la société précédente, impatience à l'égard des contraintes et des idées que celle-ci imposait, ou bien indifférence vis-à-vis des leçons qu'il y avait à en tirer, caractérisaient chaque frontière. Ce que la Méditerranée fut pour les Grecs, les poussant à rompre avec les habitudes, leur proposant des expériences, des

« Suppose que George ne revienne pas. Suppose qu'il foute le camp et qu'il n'revienne pas. Qu'est-ce que tu ferais ? »
Des souris et des hommes, dans une mise en scène théâtrale de Robert Hossein, 1975. Jimmy Davis et Claude Brosset. Ph. © Bernand.

" Sacré nom de Dieu ! " Il s'était agenouillé près d'elle. Il lui mit la main sur le cœur. »
Des souris et des hommes, dans une mise en scène théâtrale de Robert Hossein, 1975. Ph. © Bernand.

« L'amitié informe et invincible nouée entre Lennie, le doux colosse innocent aux mains dévastatrices, et son copain George, petit homme aigu, a une beauté, une puissance de mythe. » (J. Kessel)

J. Steinbeck : George et Lennie.
Ph. © Bernand.

Samuel Beckett : Pozzo et Lucky *(En attendant Godot)*.
Ph. © Bernand.

Ben Shahn : *Les deux frères*, 1946.
Hirshhorn Museum, Washington. Ph. Edimedia

institutions et des activités nouvelles, cela, et même davantage, cette frontière qui battait sans cesse en retraite, le fut pour les États-Unis et, indirectement, pour les nations européennes. Et maintenant, quatre siècles après la découverte de l'Amérique, au terme d'un siècle de vie constitutionnelle, la frontière a disparu, et avec sa disparition a pris fin la première période de l'histoire des États-Unis.

C. LE POIDS DU PURITANISME : LA FEMME INFÂME DE HAWTHORNE DANS *LA LETTRE ÉCARLATE*

Nathaniel Hawthorne, *La Lettre écarlate,* 1850, Folio, n° 916, p. 86-88.

Quand la jeune femme, la mère de l'enfant, se trouva pleinement exposée à la vue de la foule, son premier mouvement fut de serrer étroitement le nouveau-né contre elle. Ceci moins par tendresse maternelle que pour dissimuler certaine marque sur sa robe. L'instant d'après, jugeant sagement qu'un des signes de sa honte ne servirait que bien mal à cacher l'autre, elle prit l'enfant sur son bras. Puis avec une rougeur brûlante et pourtant un sourire hautain, elle leva sur les habitants de la ville le regard de quelqu'un qui n'entend pas se laisser décontenancer. Sur le corsage de sa robe, en belle étoffe écarlate et tout entourée des arabesques fantastiques d'une broderie au fil d'or, apparut la lettre A. C'était si artistiquement ouvré, avec une telle magnificence, une telle surabondance de fantaisie, que cela faisait l'effet d'un ornement des mieux faits pour mettre la dernière main au costume que portait la jeune femme — lequel répondait par sa splendeur au goût de l'époque, mais outrepassait de beaucoup les limites permises par les lois somptuaires de la colonie.

La jeune femme était de haute taille avec une silhouette de parfaite élégance en ses imposantes dimensions. Elle avait d'abondants cheveux bruns, si soyeux qu'ils reflétaient les rayons du soleil et un visage qui, en plus de la beauté des traits et de l'éclat du teint, frappait par l'ampleur du front et de profonds yeux noirs. Elle avait l'allure d'une grande dame aussi, d'après les canons de la noblesse d'alors caractérisés par une certaine dignité majestueuse plutôt que par l'indescriptible grâce évanescente qui est à présent reconnue pour en être l'indice. Et jamais Hester Prynne n'avait eu autant l'air d'une grande dame dans cette ancienne acception du terme que lorsqu'elle sortit de prison. Ceux qui la connaissaient avant et avaient compté la voir ternie par les nuages du désastre, furent stupéfaits et même troublés en voyant combien sa beauté était éclatante et transformait en halo l'ignominie et le malheur qui l'entouraient. Il est vrai, qu'aux yeux d'un spectateur très sensible, quelque chose d'exquisement douloureux aurait pu paraître s'y mêler. Les vêtements qu'elle avait façonnés pour ce jour en prison paraissaient exposer son état d'esprit, révéler une sorte d'insouciance désespérée, par la vive originalité de leurs détails. Mais ce qui attirait tous les regards et transfigurait en quelque sorte la femme ainsi vêtue, si bien qu'hommes et femmes de son ancien entourage étaient à présent frappés comme s'ils la voyaient pour la première fois, c'était *La Lettre écarlate* si fantastiquement brodée sur son sein. Elle faisait l'effet d'un charme qui aurait écarté Hester Prynne de tous rapports ordinaires avec l'humanité et l'aurait enfermée dans une sphère pour elle seule.

D. L'HÉRITAGE TRANSCENDANTALISTE

a) RALPH WALDO EMERSON OU LA NATURE COMME ÉMANATION DE DIEU

La Nature

R.W. Emerson, *Pages choisies*, traduction M. Dugard, éd. Astra, 1976, Armand Colin, 1908, p. 345-347.

À dire le vrai, il est peu de personnes adultes qui sachent voir la nature. Beaucoup de gens ne voient pas le soleil. Du moins, ils en ont une vision très superficielle. Le soleil illumine seulement l'œil de l'homme, mais brille dans l'œil et le cœur de l'enfant. Celui qui aime la nature, c'est celui dont les sens intérieurs et extérieurs sont encore vraiment en harmonie, et qui jusque dans l'âge viril a gardé quelque chose de l'esprit de l'enfance. Sa communion avec le ciel et la terre devient une part de sa nourriture quotidienne. En présence de la nature, en dépit de malheurs réels, une joie intense pénètre l'homme. La Nature dit : « Il est ma créature, et malgré tous ses chagrins impertinents, il devra être heureux avec moi. » Ce n'est pas seulement le soleil ou l'été, mais chaque heure et chaque saison qui offre son tribut de joie ; car depuis le midi lassé jusqu'au plus sombre minuit, chaque heure et chaque changement correspondent à un état d'âme différent et le justifient. La nature est un cadre qui convient également bien à une comédie et à une pièce larmoyante. Quand on est en bonne santé, l'air est un cordial d'une vertu incroyable. En traversant un pré nu au crépuscule, en des mares de neige et sous un ciel nuageux, sans avoir aucune circonstance particulièrement heureuse présente à la pensée, il m'est arrivé de jouir d'une parfaite allégresse. Je suis heureux jusqu'à en avoir peur. Dans les bois aussi, l'homme se défait de ses années comme le serpent de sa peau et, à quelque période de la vie qu'il soit arrivé, il est toujours un enfant. Il y a dans les bois une perpétuelle jeunesse. Au milieu de ces plantations de Dieu, la dignité et la sainteté règnent, une fête continuelle y est préparée et, dût-il y rester mille ans, l'hôte ne voit pas comment il pourrait s'en lasser. Dans les bois, nous retournons à la raison et à la foi. Là, je sens que (pourvu que je conserve la vue) il ne peut rien m'arriver dans la vie — aucune disgrâce, aucune calamité auxquelles la nature ne puisse trouver remède. Debout sur la terre nue — la tête baignée dans l'air heureux et levée dans l'espace infini — tout vulgaire égoïsme disparaît. Je deviens une prunelle transparente ; je ne suis rien, je vois tout ; les courants de l'Être universel circulent en moi ; je suis une part ou particule de Dieu. Le nom de l'ami le plus proche paraît alors lointain et accidentel : être des frères, des connaissances, maître ou serviteur, paraît alors une frivolité et un dérangement. Je suis l'adorateur de la beauté immortelle et sans limites. Dans la solitude, je trouve quelque chose de plus cher et de plus sympathique que dans les rues ou les villages. Devant le paysage tranquille, et surtout devant la ligne lointaine de l'horizon, l'homme contemple quelque chose d'aussi beau que sa propre nature.

Le plus grand charme des prés et des bois, c'est la suggestion d'un rapport occulte entre l'homme et les végétaux. Je ne suis pas seul et inconnu. Ils me saluent, et je les salue également. Le balancement des branches dans l'orage me paraît à la fois nouveau et ancien. Il me surprend, et cependant ne m'est pas inconnu. Son influence est pareille à celle d'une pensée supérieure ou d'une meilleure émotion descendant sur moi, au moment où je croyais penser juste et agir droitement.

Cependant, il est certain que le pouvoir de produire ces délices ne réside pas dans la nature, mais dans l'homme, ou dans une harmonie entre les deux. Il faut user de ces plaisirs avec une grande réserve, car la nature n'est pas toujours parée de vêtements de fête, et le même paysage qui exhalait hier des parfums et rayonnait comme pour le jeu des nymphes, est voilé aujourd'hui de mélancolie. La nature porte toujours les couleurs de la pensée. Pour un homme travaillé par la douleur, la chaleur de son propre foyer a quelque chose de triste. Celui qui vient de perdre par la mort un ami cher éprouve aussi une sorte de dédain en face du paysage. Le ciel est moins grand dans la mesure où la population qu'il embrasse a moins de valeur.

Nature, 1836, Chapitre I
(Nature, Allocutions et Conférences).

b) HENRY DAVID THOREAU OU LA NATURE COMME REFLET DE L'ÉDEN PERDU

Henry David Thoreau, *Walden*, 1854, trad. L.. Fabulet, Gallimard, 1922, L'Imaginaire, n° 239, p. 179.

Nous avons un autre étang tout pareil à celui-ci — l'Étang Blanc à Nine Acre Corner[1], à environ deux milles et demi vers l'ouest ; mais bien que je sois en relation avec la plupart des étangs à une douzaine de milles à la ronde, je n'en connais pas un troisième de ce caractère pur, de ce caractère de source. Des nations successives, il se peut, y ont bu, l'ont admiré et sondé, puis ont passé, encore que l'eau en soit verte et limpide comme jamais. Rien d'une source intermittente ! Peut-être en ce matin de printemps où Adam et Eve furent chassés de l'Éden, l'Étang de Walden était-il en vie déjà, dès lors s'évaporant en douce pluie printanière accompagnée de brouillard et d'un petit vent du sud, et couvert de myriades de canards et d'oies, qui n'avaient pas entendu parler de la chute en un temps où leur suffisaient encore des lacs de cette pureté. Dès lors avait-il commencé à monter et descendre, clarifié les eaux et coloré de la nuance qui les pare aujourd'hui, puis obtenu du ciel un brevet pour être le seul Étang de Walden du monde, distillateur de célestes rosées ? Qui sait en combien de littératures de peuples oubliés ceci fut la Fontaine de Castalie ? Ou quelles nymphes le présidèrent en l'Âge d'Or ? C'est une gemme de la première eau, que Concord porte dans sa couronne.

Toutefois se peut-il que les premiers qui vinrent à cette fontaine aient laissé quelque trace de leurs pas. J'ai été surpris de découvrir ceinturant l'étang, là même où un bois épais vient d'être abattu sur la rive, un étroit sentier qu'on dirait une planche dans le versant escarpé, tour à tour montant et descendant, se rapprochant et s'éloignant du bord de l'eau, aussi vieux, il est probable, que la race de l'homme ici, tracé par les pieds des chasseurs aborigènes et encore aujourd'hui de temps à autre foulé à leur insu par les occupants actuels du pays.

1. Petit village au sud de Concord.

c) WALT WHITMAN ET LA POSITION CENTRALE DU « JE »

Walt Whitman, *Leaves of Grass,* 1855 (Feuilles d'herbe), trad. Roger Asselineau, Aubier-Flammarion, 1972, p. 111 et 113.

Walt Whitman, un cosmos, de Manhattan le fils,
Turbulent, bien en chair, sensuel, mangeant, buvant et procréant,
Pas un sentimental, pas quelqu'un qui se croit au-dessus des hommes et des femmes ou se tient à l'écart d'eux,
Pas plus modeste qu'immodeste.

Dévissez les serrures des portes !
Dévissez de leur chambranle les portes elles-mêmes !

Quiconque dégrade autrui me
dégrade,
Et tout ce qui se fait ou se dit, finit par revenir à moi.

À travers moi s'enfle et s'enfle le souffle de l'inspiration, à travers moi le courant et l'index sur le cadran.

Je préfère le mot de passe des premiers âges, je fais le signe de la démocratie.
Par Dieu ! je n'accepterai rien dont tous ne puissent
avoir l'équivalent aux mêmes conditions.

À travers moi, maintes voix depuis longtemps muettes,
Voix des interminables générations de prisonniers et d'esclaves,
Voix des malades et des désespérés, des voleurs et des avortons,
Voix de cycles de préparation et d'accroissement,
Et des liens qui relient les astres et des matrices et du suc paternel,
Et des droits de ceux que les autres foulent au pied,
Des mal formés, des insignifiants, des sots, des méprisés,
Brouillard dans l'air, scarabées roulant leur boule de fiente.

À travers moi des voix interdites,
Voix des sexes et des appétits de la chair, elles sont voilées, et j'écarte le voile,
Voix indécentes par moi clarifiées et transfigurées.

Je ne mets pas ma main sur ma bouche,
Je parle avec autant de délicatesse des entrailles que de la tête et du cœur,
Le coït n'est pas plus obscène pour moi que n'est la mort.

Je crois en la chair et les appétits,
Voir, entendre, toucher sont des miracles et chaque partie et bout de moi est un miracle.
Je suis divin dehors comme dedans et je sanctifie tout ce que je touche ou qui me touche,
La senteur de mes aisselles est arôme plus exquis que la prière,
Ma tête vaut plus que les églises et les bibles et que tous les Credo du monde.

E. VLADIMIR ET ESTRAGON, COUSINS DE GEORGE ET LENNIE

Rapprochement anachronique, la pièce de Samuel Beckett semble influencer le texte de Steinbeck par un effet d'intertextualité à rebours. Le dialogue appauvri et ritualisé de Vladimir et Estragon est leur seul recours contre une solitude délétère. Leur amitié teintée d'agacement évoque le lien étrange entre George et Lennie :

Samuel Beckett, *En attendant Godot*, © Éditions de Minuit, 1952, p. 82-84.

ESTRAGON : Quelle journée !
VLADIMIR : Qui t'a esquinté ? Raconte-moi.
ESTRAGON : Voilà encore une journée de tirée.
VLADIMIR : Pas encore.
ESTRAGON : Pour moi elle est terminée quoi qu'il arrive. *(Silence).* Tout à l'heure, tu chantais, je t'ai entendu.
VLADIMIR : C'est vrai, je me rappelle.
ESTRAGON : Cela m'a fait de la peine. Je me disais, il est seul, il me croit parti pour toujours et il chante.
VLADIMIR : On ne commande pas à son humeur. Toute la journée je me suis senti dans une forme extraordinaire. *(Un temps.)* Je ne me suis pas levé de la nuit, pas une seule fois.
ESTRAGON *(tristement)* : Tu vois, tu pisses mieux quand je ne suis pas là.
VLADIMIR : Tu me manquais — et en même temps j'étais content. N'est-ce pas curieux ?
ESTRAGON *(outré)* : Content ?
VLADIMIR *(ayant réfléchi)* : Ce n'est peut-être pas le mot.
ESTRAGON : Et maintenant ?
VLADIMIR *(s'étant consulté)* : Maintenant... *(joyeux)* te revoilà... *(neutre)* nous revoilà... *(triste)* me revoilà.
ESTRAGON : Tu vois, tu vas moins bien quand je suis là. Moi aussi, je me sens mieux seul.
VLADIMIR *(piqué)* : Alors pourquoi rappliquer ?
ESTRAGON : Je ne sais pas.
VLADIMIR : Mais moi je le sais. Parce que tu ne sais pas te défendre. Moi je ne t'aurais pas laissé battre.
ESTRAGON : Tu n'aurais pas pu l'empêcher.

VLADIMIR : Pourquoi ?

ESTRAGON : Ils étaient dix.

VLADIMIR : Mais non, je veux dire que je t'aurais empêché de t'exposer à être battu.

ESTRAGON : Je ne faisais rien.

VLADIMIR : Alors pourquoi ils t'ont battu ?

ESTRAGON : Je ne sais pas.

VLADIMIR : Non, vois-tu, Gogo, il y a des choses qui t'échappent qui ne m'échappent pas à moi. Tu dois le sentir.

ESTRAGON : Je te dis que je ne faisais rien.

VLADIMIR : Peut-être bien que non. Mais il y a la manière, il y a la manière, si on tient à sa peau. Enfin, ne parlons plus de ça. Te voilà revenu, et j'en suis bien content.

ESTRAGON : Ils étaient dix.

VLADIMIR : Toi aussi, tu dois être content, au fond, avoue-le.

ESTRAGON : Content de quoi ?

VLADIMIR : De m'avoir retrouvé.

ESTRAGON : Tu crois ?

VLADIMIR : Dis-le, même si ce n'est pas vrai.

ESTRAGON : Qu'est-ce que je dois dire ?

VLADIMIR : Dis, Je suis content.

ESTRAGON : Je suis content.

VLADIMIR : Moi aussi.

ESTRAGON : Moi aussi.

VLADIMIR : Nous sommes contents.

ESTRAGON : Nous sommes contents. *(Silence)*. Qu'est-ce qu'on fait, maintenant qu'on est content ?

VLADIMIR : On attend Godot.

III. LES ADAPTATIONS

A. AU THÉÂTRE

Une attitude de recul et de méfiance fait sous-estimer à Steinbeck le succès de l'adaptation théâtrale de *Des souris et des hommes.* Il répète à l'envi que ce livre est un échec, alors même que les ventes du livre en font un best-seller et que la pièce connaît un succès éclatant. La pièce reçoit le prix du Cercle des critiques dramatiques de New York pour la qualité de son intensité et sa force de persuasion. Dans leur citation les critiques louent le talent de Steinbeck qui a su traiter du thème de la solitude et de la frustration sans tomber dans le pathos ou les effets faciles.

Créée au Music Box Theater de New York, la pièce débuta le 23 novembre 1937 et connut un très grand succès, pendant deux cent sept représentations.

1. MAURICE-EDGAR COINDREAU, CRITIQUE ET TRADUCTEUR CÉLÈBRE, FAIT ALLUSION À L'AUTOCRITIQUE DE STEINBECK :

Maurice-Edgar Coindreau, *Aperçus de littérature américaine*, Gallimard, 1946, p. 186.

Steinbeck cependant ne s'en estima point satisfait. Transporté au théâtre sans modifications, le roman resterait un peu trop roman, comme on en put juger lors des représentations organisées, à San Francisco, par une petite troupe d'amateurs prolétariens, au printemps 1937 : « *Le rythme était faux, les chutes du rideau mal placées et quelques scènes sans raison d'être*[1] » Il fallut donc réviser le texte avant de le mettre en répétitions à New York ; cette révision ne fut autre que la mise au point habituelle aux dramaturges professionnels lorsque leurs manuscrits affrontent les lumières de la rampe. Il ne faudrait donc pas se hâter de conclure, sur la foi de M. Steinbeck, que sa tentative de « roman-pièce » fut un échec. *Of Mice and Men*, dont la première eut lieu à New York le 23 nov. 1937, tint l'affiche pendant toute la saison 1937-1938, et les critiques lui décernèrent le prix qu'ils attribuent chaque année au meilleur ouvrage dramatique.

1. *Stage*, janvier 1938, p. 51.

Si Steinbeck a le sentiment d'un échec c'est que son but initial était d'écrire une « pièce à lire » comme un roman. La plupart des dialogues sont directement tirés du roman, mais Steinbeck, qui aurait voulu faire jouer son livre tel quel, a été déçu d'avoir à modifier quelque peu son texte pour l'adapter à la scène.

D'autres adaptations de cette pièce ont contribué à la diffusion de *Des souris et des hommes,* notamment en France où la pièce a remporté un très grand succès d'abord en 1945, au théâtre Hébertot, dans une mise en scène de Paul Œttly, avec Robert Hébert et André Valmy dans les rôles principaux, puis dans les années soixante-dix, dans la mise en scène de Robert Hossein au Théâtre de Paris, avec Robert Hossein et Claude Brosset en George et Lennie.

2. LE COMMENTAIRE DE RENÉ LALOU

René Lalou, qui a vu la pièce au théâtre Hébertot en 1946, se fonde sur une comparaison entre le roman et la pièce de théâtre pour forger la notion très parlante de « réalisme lyrique », et déplorer que l'adaptation théâtrale ait occulté la dimension poétique du texte original de Steinbeck.

René Lalou, « Le réalisme lyrique de J. Steinbeck », in *Romanciers américains contemporains*, Éditions Didier, 1946, p. 183-185.

Nous avons fait récemment une expérience plus significative encore pour n'avoir été nullement préméditée. C'était au théâtre Hébertot, où l'on jouait *Des souris et des hommes*. Je ne puis dire, pour être franc, que j'y allais libre de toute inquiétude ; depuis le temps que l'on s'ingénie à adapter pour la scène des romans célèbres, il est impossible de citer une réussite entièrement satisfaisante. Cette fois, pourtant, il semblait bien que toutes les chances de succès fussent réunies : non seulement le travail avait été exécuté par Steinbeck lui-même, mais le roman qu'il avait choisi paraissait devoir se prêter aisément à ce passage, puisque la part des dialogues y était déjà prépondérante.

Que penser du résultat ? Le soir de la répétition générale, la plupart des spectateurs, surtout s'ils n'avaient pas lu le livre, se déclaraient enchantés et l'on pouvait prédire que la pièce tiendrait l'affiche pendant des mois. On s'en félicitait d'autant plus que la traduction de Marcel Duhamel, la mise en scène et le jeu des acteurs méritaient de vifs éloges. Cependant, à la sortie, dans un groupe d'amis, force nous était d'avouer que nous avions ressenti un constant malaise. Nous avions l'impression d'avoir assisté à un excellent drame réaliste qui eût ravi le cœur d'André Antoine ; mais nous n'y avions pas retrouvé ce qui nous avait si profondément émus dans le roman. L'un de nous était même si déçu qu'il se demandait s'il ne s'était point abusé sur la valeur de l'œuvre originale.

Pour mon compte, aussitôt rentré, je rouvris le volume et en relus les premières lignes : *À quelques milles au sud de Soledad, la Salinas descend tout contre le bord de la colline et coule, profonde et verte. L'eau est tiède, de surcroît ; car elle a glissé en miroitant sur les sables jaunes ensoleillés avant d'atteindre l'étroit bassin. D'un côté de la rivière, les pentes dorées de la dernière colline montent en s'incurvant jusqu'aux masses rocheuses des monts Gabilan. Mais, du côté de la vallée, l'eau est bordée d'arbres : des saules, jaunis et reverdissant à chaque printemps, qui gardent aux intersections de leurs plus basses feuilles les débris apportés par les crues de l'hiver ; et puis des sycomores dont s'allongent les bras blancs et marbrés, dont les branches forment une voûte au-dessus du bassin. Sur la rive sablonneuse au-dessous des arbres, s'étend une épaisse couche de feuilles si sèches que la course d'un lézard y fait le bruit d'une suite d'éclaboussements. Au soir, les lapins sortent des fourrés pour aller s'asseoir sur le sable ; et le sol plat et humide est couvert d'empreintes nocturnes des ratons laveurs, de marques des grosses pattes de chiens venus des ranches, de traces des sabots fourchus de cerfs qui arrivent boire dans l'obscurité...* Il était inutile de poursuivre : cette page m'avait rendu ce qui manquait forcément à la pièce, et qui, dans le cas de John Steinbeck, est précisément l'essentiel.

L'épreuve était d'autant plus probante que Steinbeck avait, du point de vue de la technique, défini *Of Mice and Men* en ces termes : *Une expérience, un effort vers la composition d'un roman qui pourrait se transporter tel quel sur la scène, ou d'une pièce qui pourrait se lire comme un roman.* Et il justifiait cette tentative par deux arguments : *Dans une pièce, un style négligé est impossible, car le public ne le supporterait pas. Également impossibles sont les hors-d'œuvre, les longueurs, les dissertations, car le public s'impatienterait.* Or, il est incontestable que ce fut en appliquant au roman ces principes de l'art théâtral que Steinbeck fit d'*Of Mice and Men* un chef-d'œuvre de vivacité et de concentration dramatiques. Mais cela ne signifie nullement qu'il a renoncé d'autant au privilège du romancier qui est d'élargir sans cesse notre vision, de ne point l'enchaîner au simple spectacle présent. Au théâtre, quand le rideau se lève sur le premier tableau, notre puissance de rêverie se trouve bornée par le décor, si ingénieux soit-il. Admirez, au contraire, comme le romancier, dans son bref prélude, a su dépeindre un paysage en mouvement, évoquer les diverses heures du jour et plusieurs moments de l'année. À plus forte raison, tout au long du récit, pourra-t-il, par de rapides interventions, charger d'une poignante signification telle attitude ou telle réplique. Quand on compare les deux ouvrages, on découvre l'importance de ces courtes phrases où l'auteur lui-même s'enga-

« Qu'est-ce que vous croyez que je suis, une môme ? Je vous le dis, j'aurais pu faire du théâtre, si j'avais voulu. Et pas que dans un seul. Et un type m'a dit qu'il pourrait me faire faire du cinéma... »
Shirley Temple, 1934. Ph. © Snap/Cosmos.

« Alors, j'ai épousé Curley. »
Linda Darnell et Henri Fonda dans *La Poursuite infernale* de John Ford. Ph. © Kobal Collection.

geait : elles avaient fait passer le roman du réalisme descriptif au réalisme lyrique.

3. COUPURES DE PRESSE : LA CRITIQUE PARISIENNE EN 1975

Revue de presse parue dans *L'Avant-Scène*, n° 589 du 15 juin 1976, p. 34-35.

Pierre Marcabru

Efficacité

France Soir - 11 décembre 1975.

Robert Hossein, qui est George avec beaucoup de sincérité, de franchise, de simplicité, a monté la pièce de Steinbeck, dans le premier mouvement du réalisme, ce qui est, je crois, la monter comme elle fut écrite. On songe parfois à ce brave théâtre naturaliste du siècle dernier et qui nous reviendrait d'Amérique comme un boomerang. Qu'importe ! L'efficacité commande et tout est bien en place, serré comme les doigts qui font le poing. Claude Brosset a cette innocence, cette candeur amicale qui convient à Lennie, une présence chaleureuse dans l'absence. Le vieux chien est un bon vieux chien. Les comédiens ont l'air de sortir d'un western ou d'avoir vu hier « *Les Raisins de la colère* ». Ce qu'ils font est solide, bien cerné, cinématographique. C'est du gros théâtre certes, mais le texte est de même nature.

Henry Rabine

Un jeu « américain »

La Croix - 20 décembre 1975.

Le décor de Jean Mandaroux : terre, broussailles, mare, maison de bois, installe le texte dans ses meubles. C'est le western. Et ça tient. Le reste va de soi. Épaulé par Pierre Mondy (car jouant lui-même, il ne pouvait avoir toujours la distance requise du maître d'œuvre), Robert Hossein fait choix d'un jeu « bien en pognes », franc comme la main tendue (et le poing sur la g...), un jeu « américain » où le geste souligne sobrement le mot et parfois le remplace. Ses bonshommes ont une qualité évidente : ils existent. Entre eux, en eux, on sent broncher, battre comme un gros cœur cette humanité que de *Crime et châtiment* en *Bas-Fonds*... Hossein traque, lève, magnifie.

Claude Fachard

Réalisme

Télérama - 27 décembre 1975.

Cette adaptation du roman de l'Américain John Steinbeck, prix Nobel de littérature, l'infatigable Robert Hossein la présente à Paris, dans le grand théâtre qui fut, l'an dernier, le cadre du succès de *Crime et Châtiment*. On a dit de l'auteur qu'il avait réconcilié le mythe de la prairie, l'idéal originel des pionniers de l'Ouest et l'âme des « petits Blancs », désœuvrés, menacés par le chômage, la misère et les exodes de la faim. Il flotte, en effet, dans cette tragédie un petit air de western. L'amitié qui unit George et Lennie est virile et sincère, comparable à celle qui lie les cow-boys de tant et tant de films. Écrite au lendemain de la grande récession économique de 1929, la pièce met en scène des laissés-pour-compte, des émigrés de l'intérieur qu'on met à l'écart à l'heure de la reprise. Avec retenue et désenchantement, l'auteur des *Raisins de la colère* s'insurge contre une condition qu'il peint avec réalisme.

Dominique Jamet

Bonne brave grande bête de pièce !

L'Aurore - 11 décembre 1975.

Ah, la bonne brave grande bête de pièce que voilà ! Et comment ne nous irait-elle pas droit au cœur, avec sa manière rude et tendre de nous parler d'amitié, de bonté, de fraternité, de virilité, de générosité et de toutes ces qualités en té qui rayonnent la chaleur humaine, de tous ces sentiments qui font du bien par où ils passent.
Le terrassier d'autrefois, celui qui portait longues moustaches, casquette et ceinture de flanelle rouge, accoudé au zinc, s'essuyait les lèvres d'un revers de manche après un bon coup de beaujolais et disait sentencieusement : « le bon Dieu en

culotte de velours ». C'est à quoi fait penser « *Des souris et des hommes* », ce drame du gros rouge, le toucher rugueux des pantalons de velours côtelé que portaient avant l'ère du jean nos ouvriers agricoles, nos cheminots, nos trimardeurs, et c'est l'histoire, précisément, on s'en souvient sans doute, de ce couple exceptionnel que forment au long des routes du Tennessee ou de l'Oklahoma, quelque part entre Sud profond et Middle West, ces deux hommes qui vont de ranch en ranch proposer leurs bras, George, la tête, et Lennie, le muscle, le colosse innocent comme un enfant et que sa force seule rend terriblement dangereux.
Paternalisme des gros fermiers, Noirs opprimés et résignés, puritanisme et pulsions de révolte, chômage endémique, le tout sur fond d'harmonica, et d'arriération, c'est le tableau d'une Amérique des années 30 et 40 qui nous est proposé, dans la solide adaptation de Marcel Duhamel qui a bravé les ans. De l'émotion, du suspense, du rire, des larmes : sans doute la mixture est-elle encore efficace et Robert Hossein peut-il espérer une fois encore atteindre droit au cœur, conquérir un vaste public. Et c'est fort bien ainsi.

François Nourissier

Une histoire d'hommes

Le Figaro - 11 décembre 1975.

Ce style correspond sans doute aux goûts de Hossein, et il y excelle. Sa mise en scène est serrée, précise, et il tire le meilleur parti de lui-même et de ses camarades. Tous sont bons. Il me semble que Claude Brosset (Lennie), Pierre-J. Moncorbier (Candy), Jimmy « Lover Man », Davis (Crooks) et Hossein lui-même ont recueilli les plus nombreux suffrages. Même si nous trouvons simplette aujourd'hui la prédication humaniste de Steinbeck, et sommaire sa hantise de la « communication », et un peu trop schématique la pièce, avec les « mises à mort » successives du vieux chien, de la roulure et de l'innocent, d'où vient que nous en subissons encore le charme ? Sans doute parce que Steinbeck nous offre ce que les Américains, au cinéma en particulier, ont toujours su réussir : une histoire d'hommes.

4) MORT, OU MOTS DE LA FIN

Parmi les adaptations nécessaires, la fin de la pièce perd en subtilité ce qu'elle gagne en théâtralité. Cité dans la traduction de Marcel Duhamel , le passage du dénouement doit se lire en parallèle avec les dernières lignes du roman (*S.H.*, p. 190). Du fait que la pièce se conclut sur la mort de Lennie alors que le roman se termine en point d'orgue avec la question énigmatique de Carlson, une certaine ambiguïté a été sacrifiée pour les besoins de l'adaptation à la scène.

Trad. Marcel Duhamel, Éditions Robert Laffont, 1946. Repris dans *L'Avant-Scène*, n° 589, p. 32-33.

CURLEY : Le couvert est épais par ici. Y' s' peut très bien qu'y soit caché dans les fourrés.

S'avance vers les roseaux. Aussitôt, George le suit.

SLIM *(qui a vu le mouvement se hâte de parler)* : Regardez *(montrant du doigt)*... voilà la route du comté là-bas, y a des champs à découvert, et là-bas la grand-route. Déployons-nous et battons le couvert.

PATRON : Slim a raison. Faut se déployer.

SLIM : L' mieux, c'est d' battre les fourrés jusqu'à la grand-route. D' les battre encore une fois en revenant.

CURLEY : Rappelez-vous c' que j' vous dis. Tirez dans l'ventre.

SLIM : C'est bon, allons-y. George et moi on va monter sur la route du comté. Vous aut', vous allez sur la grand-route et vous revenez.

PATRON : Si on se perd les uns les autres, rendez-vous ici. Tâchez de vous rappeler l'endroit.

CURLEY : Tout ce qui m'intéresse, c'est d' lui faire son affaire à c' t'enfant de salaud.

Les hommes sortent vers la droite, en parlant Slim et George se déplacent lentement vers l'arrière-plan, en écoutant les voix qui, peu à peu, s'éloignent.

SLIM *(à mi-voix, à George)* : Où est-il ? *(George le regarde un long moment dans les yeux. Finalement lui fait confiance et, du pouce, lui désigne les roseaux.)* Tu veux... que j' m'en aille ?

George baisse lentement la tête, en signe d'acquiescement, et regarde à terre. Slim fait quelques pas, revient, va pour dire quelque chose, se ravise et pose simplement sa main, durant une seconde, sur l'épaule de George. Ensuite, il s'en va en hâte vers l'arrière-plan.

GEORGE *(s'avance comme un automate vers la rive et le bouquet de roseaux et s'assied)* : Lennie !

De nouveau, les roseaux s'agitent et Lennie surgit, ruisselant.

LENNIE : Où y vont, ceux-là ?

Long silence.

GEORGE : À la chasse.

LENNIE : Pourquoi on va pas avec eux ? J'aime bien la chasse, moi. *(Attend une réponse. George contemple le bord opposé de la rivière.)* C'est parce que j'ai fait quéqu' chose de mal ?

GEORGE : Ça n'a pas d'importance.

LENNIE : C'est pour ça qu'on peut pas aller à la chasse avec ces types-là ?

GEORGE *(d'un ton inexpressif)* : Ça n'a pas d'importance. Assieds-toi, Lennie. Ici.

Le jour baisse, maintenant. Au loin, on entend des exclamations, des appels. George tourne la tête et tend l'oreille aux cris.

LENNIE : George ?

GEORGE : Quoi ?

LENNIE : Tu m'engueules pas ?

GEORGE : T'engueuler ?

LENNIE : Ben oui... Comme tu l'as toujours fait. Comme « si je t'avais pas à m' coller aux fesses, j' prendrais mes cinquante dollars... »

GEORGE *(à mi-voix, confondu)* : Nom de Dieu de nom

de Dieu ! Lennie t'es pas foutu de te rappeler rien de c' qui arrive, et tout c' que j'dis, tu l'sais par cœur.
LENNIE : Alors, tu l' dis pas ?
GEORGE *(récite)* : Si j'étais tout seul... la vie... serait si facile... *(Tout cela est dit d'une voix monotone.)* J' pourrais trouver du travail, j'aurais pas d'histoires...
LENNIE : Continue. Continue ! Et à la fin du mois...
GEORGE : Et à la fin du mois, j' prendrais mes cinquante dollars et j'irais au... claque...
LENNIE *(impatient)* : Encore, George... Tu veux pas m'engueuler ?
GEORGE : Non !
LENNIE : J' peux m'en aller. J' m'en vais tout droit dans la montagne et je trouve une caverne, si tu veux pas de moi.
GEORGE *(articule comme s'il avait les lèvres pétrifiées)* : Non, j' veux que tu restes ici, avec moi.
LENNIE *(avec rouerie)* : Alors, raconte-moi comme tu l' faisais avant.
GEORGE : Te raconter quoi ?
LENNIE : Ben, pour c' qu'est des autres, et pour c' qu'est de nous.
GEORGE *(reprenant sa récitation)* : Des types comme nous, z'ont pas de famille. Ils ont un petit pécule et y le bouffent. Ils ont personne au monde qui s'intéresse à eux, qui s' foute pas d'eux comme de l'an quarante.
LENNIE *(joyeusement)* : Mais pas nous. Dis comment c'est pour nous, maintenant.
GEORGE : Mais pas pour nous.
LENNIE : Pasque...
GEORGE : Parc' que j' t'ai avec moi, et...
LENNIE *(triomphalement)* : Et que t'es avec moi... On est là tous les deux pour s'occuper l'un de l'autre voilà qui c'est qui s' fout pas d' nous comme de l'an quarante.
GEORGE *(ôte son chapeau ; d'une voix mal assurée)* : Enlève ton chapeau, Lennie. Il fait bon.
LENNIE *(ôte son chapeau et le pose à terre devant lui)* : Raconte encore comment ça sera.

De nouveau, les cris des hommes. George les écoute.

GEORGE : Regarde de l'aut' côté de la rivière, Lennie, et je vais te le raconter de façon que tu puisses presque l' voir. *(Lennie tourne la tête et regarde de l'autre côté de la rivière.)* On va prendre une petite maison...

Glisse sa main dans la poche de sa veste et en sort le colt de Carlson. La main et le revolver gisent à terre, derrière le dos de Lennie. George regarde fixement la nuque de Lennie, à la jointure de la colonne vertébrale et du crâne.

LENNIE : Encore *(George lève le revolver, mais sa main tremble et il la laisse retomber.)* Encore ! Dis, comment ça sera ?

GEORGE *(articulant avec difficulté)* : On aura une vache. Et p' têt' bien un cochon et des poules... et en plaine... on aura un p'tit carré de luzerne...

LENNIE *(hurlant)* : Pour les lapins !

GEORGE : Pour les lapins !

LENNIE : Et c'est moi qui soignerai les lapins ?

GEORGE : Et c'est toi qui soigneras les lapins !

LENNIE *(gloussant de joie)* : Et on vivra comme des rentiers !

GEORGE : Oui. *(Lennie tourne la tête. Vivement.)* Regarde là-bas, Lennie. Comme si tu pouvais le voir pour de vrai.

LENNIE : Où ?

GEORGE : Juste en face, de l'aut' côté de la rivière. T'as pas un peu l'impression de le voir ?

LENNIE *(se déplaçant un peu)* : Où ça, George ?

GEORGE : Là-bas. Regarde bien, Lennie. Regarde bien, surtout.

LENNIE : Je regarde, George, je regarde.

GEORGE : C'est ça. On va êt' bien là-bas. Jamais d'embêtements ni de bagarres. Personne ne fera jamais d' mal à personne, ni ne volera personne. Ça sera... la belle vie.

LENNIE : J' le vois, George. J' le vois ! Jus' là, en face, j' le vois !

George tire. Lennie s'écroule, tombe derrière les broussailles...

RIDEAU

5. PROBLÈMES DE TRADUCTION

a) Les noms propres

Les noms propres de Lennie et George, Small et Milton ont été traduits par Marcel Duhamel, dont le choix peu convaincant trahit la difficulté de l'adaptation dans la langue parlée du théâtre.

GEORGE *(fouille dans ses poches, en sort deux fiches et les tendant au patron)* : Les voilà. Ibid., p. 13.

PATRON *(les lisant)* : Eh ben, j' vois que c'est pas la faute de l'Agence. C'est marqué sur le papier que vous deviez être là ce matin pour travailler.

GEORGE : L' chauffeur d'autocar nous a foutus dedans. Fallu faire 15 kilomètres à pied. Le chauffeur nous a dit qu'on était rendus alors qu'on n'était pas du tout rendus. Avec ça on a pas trouvé à faire du stop.

PATRON : Oui, ben j'ai dû envoyer charger le grain avec deux hommes en moins. Maintenant ça ne servirait à rien de vous envoyer avant le déjeuner. *(Sort son calepin et l'ouvre à l'endroit où un crayon sépare les feuilles. Mouille son crayon avec application.)* Comment vous appelez-vous ?

GEORGE : George Morton.

PATRON *(Écrivant)* : George Morton. Et vous ?

GEORGE : Y s'appelle Lennie Court.

PATRON : Lennie Court. *(Écrivant).* Voyons voir, on est le vingt. Le vingt à midi... *(Fait une croix. Referme le calepin et le met dans sa poche.)* Où est-ce que vous avez travaillé, tous les deux ?

GEORGE : Là-bas, du côté de Weed.

PATRON *(à Lennie)* : Toi aussi ?

GEORGE : Ouais. Lui aussi.

PATRON *(à Lennie)* : T'es bien bâti, dis donc, mon gars.

GEORGE : Ouais. Pour ce qui est du travail, il est un peu là.

PATRON : Pas très causant, à part ça, hein ?

GEORGE : Pour ça, non. Mais pour le travail il est un peu là. Fort comme un taureau.

LENNIE *(souriant)* : J'suis fort comme un taureau.

George le regarde sévèrement, et Lennie baisse la tête, confus d'avoir oublié.

PATRON *(brusquement)* : Vraiment ? Qu'est-ce que tu sais faire ?

GEORGE : Il sait tout faire.

PATRON *(à Lennie)* : Qu'est-ce que tu sais faire ?

GEORGE *(vivement)* : Tout ce qu'on lui dit. C'est un bon charretier. Il peut charger des sacs de grains conduire un extirpateur. N'importe quoi. Mettez-le seulement à l'essai.

PATRON *(se tournant vers George)* : Alors pourquoi ne le laisses-tu pas répondre lui-même ? *(Lennie se met à rire.)* Qu'est-ce qu'il a à rire ?

GEORGE : Ça le prend quand il est un peu énervé.

PATRON : Ah oui ?

GEORGE *(à voix forte)* : Mais pour l'ouvrage, il en fout un coup. J' dis pas qu'y soit intelligent, parce qu'il l'est pas. Mais il vous soulève une balle de quatre cents livres.

PATRON : Mais dis donc, qu'est-ce que tu cherches à me vendre.

GEORGE : Hum ?

PATRON : Oui, combien t'as misé sur ce gars-là ? Tu lui prends sa paie, ou quoi ?

GEORGE : Jamais de la vie. En voilà une idée !

PATRON : Eh ben, j'ai encore jamais vu un type s'intéresser autant à un autre. Je veux simplement savoir ce que tu en tires comme pourcentage.

GEORGE : C'est... c'est mon cousin. J'ai promis à sa vieille de m'occuper de lui. Il a reçu un coup de pied de cheval à la tête étant petit. Il est comme tout le monde... pas très malin, c'est tout. Mais il peut faire tout ce qu'on lui demande.

PATRON *(se tournant à demi sur le point de partir)* :

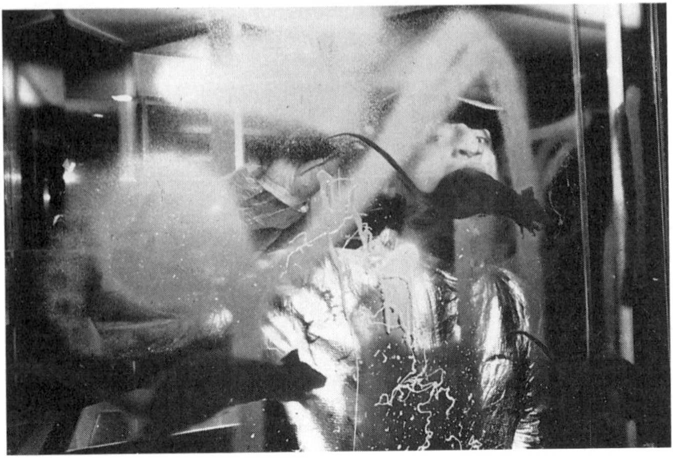

« Si seulement j'pouvais te foutre dans une cage avec un million de souris et te laisser t'amuser à ton aise. »
Hexameron, peintures sauvages dans la rue. Ph. © E. Bovet/Edimedia.

Enfin, Dieu sait que pour coltiner des sacs de grains faut pas beaucoup de cervelle. *(Il se retourne vers eux.)* Mais n'essaie pas de me rouler, Morton. Je vous ai à l'œil. Pourquoi vous n'êtes pas restés à Weed ?

b) « Handy » = « adroit » ou « habile » ?
Dans la traduction de la pièce par Marcel Duhamel, Curley est « adroit » et non « habile » ce qui est plus fidèle à l'épithète le définissant dans l'édition originale, « handy » :

GEORGE *(après que l'autre est sorti)* : Eh ben ç'ui-là alors ! Parles d'un mauvais coucheur ! Qu'est-ce qui lui prend ? Ibid., p. 14.
CANDY : C'est le fils du patron. Il est adroit, Curley. L'a fait pas mal de boxe. Les gars disent qu'il est adroit.
GEORGE : Adroit ou pas, je m'en fous. Il n'a pas besoin de s'en prendre à Lennie. Lennie ne lui a rien fait.
CANDY : Ben... j' vas vous dire, Curley il est pareil à un tas de petits gars. Il peut pas sentir les plus grands que lui. Il est tout le temps à chercher des rognes aux grands. Comme s'il leur en voulait, comme qui dirait d' pas en être un, d' grand. Z'en avez déjà vu des petits gars comme ça, non ?... Toujours en train de chercher la bagarre ?
GEORGE : Ben ton Curley, y ferait bien d' pas se tromper, avec Lennie. Lennie n'est pas adroit, lui. Mais ton couillon de Curley va se faire mal recevoir s'il se frotte à Lennie.
CANDY *(sceptique)* : N'empêche que Curley sait y faire. Entre nous, j'ai toujours trouvé ça pas très régulier. Mettons qu'y s'attaque à un plus gros que lui et lui flanque une raclée. Tout le monde est d'accord pour dire que Curley est un type qu'a du cran. Bon, ben mettons qu'il saute sur le grand et qu'y se fasse rosser, tout le monde dira que le grand devrait pas s'attaquer à des plus petits qu'lui. Avec Curley, on a toujours tort, à mon idée.

GEORGE : En tout cas, il ferait bien de pas s'frotter à Lennie. Lennie sait pas ce que c'est que la boxe. Et y a pas de coups défendus pour lui.
CANDY : Ne dis rien à Curley de ce que je vous ai raconté là. Il m'écorcherait tout vif! S' foutrait pas mal du reste ! Pas de danger qu'y se fasse vider puisque c'est son vieux qu'est le patron !
GEORGE : M'a l'air d'un beau salaud, le Curley ! Moi les petits râleurs, je les aime pas !
CANDY : M'est avis qu'il a empiré, ces temps-ci. Il s'est marié, il y a de ça quinze jours. Sa femme habite là-bas, dans la maison du patron. M'est avis qu'il est pire que jamais depuis son mariage. Il s'emmerde tellement qu'il est prêt à taper sur tout ce qui remue. Pour moi, il est plutôt à plaindre qu'autre chose.
GEORGE : P't-êt' qu'y fait ça pour épater sa femme ?
CANDY : T'as vu le gant qu'il porte à la main gauche ?

B. AU CINÉMA

Film réalisé en 1941 par Lewis Milestone (1895-1980), produit par Hal Roach producteur de tous les longs métrages de Laurel et Hardy et de Harold Lloyd.

Burgess Meredith, dans le rôle de George, et Lon Chaney Jr. en Lennie ont inspiré à un critique anglais le commentaire suivant : « C'est Laurel et Hardy en sérieux. » **Le rôle de Lennie a pesé sur la carrière du comédien Lon Chaney Jr. S'il a su donner une humanité poignante à son rôle, l'acteur est resté identifié à l'idiot qu'il a si bien incarné.**

Peu prisé des spécialistes du septième art, ce film est une adaptation du roman qualifiée de « courageuse mais plate » **par Roger Boussinot** [1]**.**

En prenant des libertés avec le texte original du roman, le scénario du film, écrit par Eugène Solow, simplifie ou au contraire brouille les signes.

L'ouverture qui voit George et Lennie, pourchassés par une milice armée, sauter en marche dans un train de

1. *L'Encyclopédie du cinéma*, Paris, Bordas, 1980.

marchandises pose tout de suite le thème de la fuite et de l'exil. D'autres changements de détails ne peuvent s'expliquer que par un souci de convenir à un public puritain et à une idéologie hollywoodienne dominée par des conventions draconiennes (comme le Code Hays qui imposait le puritanisme le plus strict à l'écran, en interdisant par exemple de montrer un homme et une femme dans le même lit). Ainsi la souris morte du début est remplacée par un oiseau mort, ce qui gomme le caractère littéral de l'allusion au titre du roman. Peut-être ce changement peut-il se justifier par le désir de ne pas effrayer les spectatrices que la vue d'une souris ferait grimper sur leur fauteuil?

Autre changement plus lourd de conséquences : Curley, interprété par l'acteur Bob Steele, porte deux gants de cuir noir. Il est ainsi présenté comme un boxeur et non comme un mari désireux de conserver à sa main la douceur nécessaire au plaisir érotique de sa femme grâce à la vaseline. D'autre part l'épisode où Lennie lui écrase une main (cette main-là, obscène et gênante surtout pour George) perd de son sens si les deux mains sont gantées.

Les réserves concernant le film tiennent plutôt à son atmosphère mélodramatique. *Des souris et des hommes* (le roman) présente des personnages simplifiés proches de l'allégorie ; la sobriété du style de Steinbeck évite le pathos. Le film appuie les scènes de violence et cherche à émouvoir le spectateur d'une manière un peu facile.

La partition musicale grandiose écrite par Aaron Copland contribue néanmoins, au même titre que l'interprétation remarquable de Lon Chaney Jr., à faire de ce film un classique américain.

S'il est vrai que l'adaptation est le signe d'une consécration, *Des souris et des hommes* a non seulement inspiré une pièce de théâtre et un film célèbres, mais il a été adapté sous forme de ballet (*La femme de Curley*), de comédie musicale et d'opéra.

C'est en 1958 qu' Ira J. Bilowit et Wilson Lehr ont donné la première adaptation de *Des souris et des hommes* sous forme de comédie musicale au Provincetown Playhouse de New York. Bien qu'il ait reçu

l'approbation globale de Steinbeck, avec toutefois des réserves, le spectacle s'est interrompu au bout de trente-sept représentations seulement[1].

Deuxième tentative plus réussie, l'opéra de Carlisle Floyd, produit par le Michigan Opera Theater fut présenté à Detroit en octobre 1980[2].

Signe que Lennie est devenu une figure de la culture populaire américaine, le dessinateur Tex Avery a créé un personnage de chien qui lui ressemble étrangement[3]. D'après Robert E. Morsberger, le chien Willoughby, toujours à la poursuite de Daffy Duck ou de Bugs Bunny, qui perd leur trace et s'exclame invariablement : « Euh, de quel côté est-il parti, George, de quel côté? »**, serait une caricature du personnage créé par Steinbeck.**

Dans un article faisant le point sur toutes les adaptations de *Des souris et des hommes*, **Richard A. Davison mentionne en outre deux adaptations pour la télévision américaine en janvier 1968 et en novembre 1981[4].**

1. Richard A. Davison, « Une version musicale méconnue de *Des souris et des hommes* », *Steinbeck Quarterly*, vol. 15, 1982, p. 9-17.

2. John Ditsky, *Steinbeck Quarterly*, vol. 14, 1981, p. 130-131.

3. Robert E. Morsberger, « Des souris, des chiens, des lapins, des canards et des hommes », *Steinbeck Quarterly*, vol. 14, 1981, p. 112.

4. Richard A. Davison, *op. cit.*, p. 15 , note 3.

IV. LES CRITIQUES

A. GIDE ET STEINBECK

Le 27 septembre 1940 André Gide exprime son admiration pour le roman de Steinbeck *En un combat douteux*. La distinction qu'il fait entre montrer et démontrer peut aussi s'appliquer à la méthode de *Des souris et des hommes* même si le thème général en est moins politique.

André Gide, *Journal (1939-1949)*, Gallimard, Bibliothèque de la Pléiade, 1954, p. 56-57.

27 septembre. [1940]

En un combat douteux, de John Steinbeck. Impeccable traduction d'un livre très remarquable. Moins las, j'aurais plaisir à le louer. Je ne pourrais le faire que trop longuement. C'est la meilleure peinture (psychologique) que je connaisse du communisme ; et d'un éclairement parfait. S'il laisse dans la coulisse la contrepartie capitaliste et bourgeoise, du moins la laisse-t-il entrevoir fort habilement dans les dialogues, et cela suffit. Le personnage principal reste la foule ; mais de cette masse informe et flottante se détachent diverses figures où les aspects diaprés du problème sont exposés sans que jamais la discussion vienne encombrer et arrêter l'action. Et de même se détachent sur le grand mouvement d'ensemble, dans le sens de la grande vague des intérêts communs ou s'y opposant, les passions ou intérêts individuels des leaders ou des comparses ; et cela si équitablement présenté, que l'on ne peut prendre parti pour ou contre la marée des revendications non plus que n'a fait l'auteur. La légitimité de ces revendications, comme la réussite de la lutte elle-même, reste « douteuse ». Douteuse surtout la légitimité de l'emploi de moyens perfides pour amener le triomphe d'une cause, celle-ci fût-elle en elle-même des plus légitimes ; mais ce que Steinbeck montre admirablement (sans pourtant rien *démontrer*), c'est comment sont amenés et contraints à la perfidie, à l'injustice, à la cruauté résolue, ceux à qui tous autres moyens de lutte sont refusés ; et comment les plus nobles et généreux caractères s'en trouvent faussés. D'où la grande détresse que, de part en part, respire ce beau livre atroce.

Arrivé à un certain stade de l'histoire, il n'est rien qui ne se présente à l'état de problème. Et la responsabilité de l'homme augmente à mesure que celle des dieux diminue.

C'est à l'homme seul, en fin de compte, qu'incombe la solution de tous ces problèmes que lui seul aura soulevés.

À la date du 29 juillet 1941 Gide mentionne de nouveau Steinbeck pour apprécier la facture épurée de l'une de ses nouvelles, et comparer Steinbeck au maître russe du genre : « Le premier des récits de *Long Valley* de Steinbeck, d'un doigté parfait, semble une nouvelle de Tchekhov ; une des meillleures » **(*Journal*, p. 90).**

B. LE POINT DE VUE DU TRADUCTEUR

Maurice-Edgar Coindreau considère ce livre comme un petit chef-d'œuvre.

Maurice-Edgar Coindreau, *Aperçus de littérature américaine*, Gallimard, 1946, p. 184-186.

La composition est toujours le point faible des romanciers américains. Ignorants des solides disciplines classiques, ils ont peine à serrer leur sujet, à éviter les digressions, à élaguer, à ordonner. Beaucoup écrivent comme un robinet coule, ne s'arrêtant que lorsque le nombre de mots exigé par leur éditeur est atteint. Ce défaut pourrait être, sinon corrigé, du moins fort atténué, si le romancier se souvenait de certaines règles impératives de l'art dramatique. En effet « *dans une pièce,* dit M. Steinbeck, *un style négligé est impossible, car le public ne le supporterait pas. Les hors-d'œuvre, les longueurs, les dissertations sont impossibles également car le public s'impatienterait*[1] ». Convaincu du bien-fondé de ces principes, John Steinbeck, sans rien perdre de ses qualités poétiques, est parvenu à nous donner dans *Of Mice and Men* un drame d'une cruauté presque intolérable, concis jusqu'au dénuement, où tout est à sa place et qui affecte le lecteur comme le coup de poing de ces boxeurs habiles qui ne frappent qu'une fois, mais au bon endroit.

Cette réussite s'explique d'autant mieux que Steinbeck se trouvait libéré momentanément de certains éléments qui n'étaient pas sans présenter de sérieux dangers. Son excès de romantisme s'était épanché dans *Cup of gold* ; son panthéisme se trouvait satisfait après *To a God unknown*, son humour avait explosé dans *Tortilla Flat* et sa mystique libertaire dans *In dubious battle*. De ces quatre produits, ainsi soigneusement décantés, ne restait que la quintessence. Aussi Steinbeck a-t-il pu, tout en laissant percer son émotion et son sentiment très vif de la nature, éviter des excès qui eussent été particulièrement regrettables dans une histoire dont la simplicité était la condition première.

Deux chômeurs, George et Lennie, sont liés d'une amitié profonde, amitié bourrue chez George, canine chez Lennie, car c'est bien le dévouement d'un chien qui attache cette brute gigantesque à son ami. Lennie est idiot. Il comprend à peine le langage parlé et pourtant il peut suivre George dans ses rêves de bonheur. Il aime entendre décrire la petite ferme qu'un jour ils espèrent posséder. La vie y sera douce et paisible, et Lennie y pourra élever des lapins. Car, sous son infantilisme de primitif, se cache une sensualité trouble qui lui fait rechercher les contacts soyeux. Ignorant de sa force, il tue en général ce qu'il prend dans ses mains, des petites bêtes d'abord, des souris, dont il emplit ses poches parce que, tout en marchant, il aime en caresser la douceur du poil, plus tard un petit chien, enfin la femme de Curley, fils du propriétaire du ranch dans lequel les deux amis se sont fait embaucher. George, pour éviter que l'assassin ne soit lynché, lui décrit une dernière fois la ferme idéale et les lapins convoités et, quand il voit Lennie perdu dans cette vision bienheureuse, il l'abat d'un coup de revolver dans la nuque. Ainsi se vérifie le titre *Of Mice and Men*, fragment d'un poème de Robert Burns : « *The best laid scheme o'mice an'men gang aft a-gley* » (les plans les mieux conçus des souris et des hommes souvent ne se réalisent pas).

On ne sait ce qu'il convient d'admirer davantage dans ce petit chef-d'œuvre d'intense sobriété où, d'un minimum de mots, l'auteur a su tirer un maximum d'émotion. La rudesse ne va jamais jusqu'à la grossièreté, le réalisme des personnages est voilé par la poésie du rêve, la sentimentalité s'arrête avant de devenir de la sensiblerie, et la couleur locale, si pittoresque, sait éviter les tons criards de la carte postale en couleurs.

1. *Stage* (janvier 1938, p. 50-51).

C. L'ANALYSE DE CLAUDE-EDMONDE MAGNY

Pour celle qui a la première mis au jour l'originalité de la technique d'écrivains comme Hemingway, ou Dashiell Hammett (la technique objective), Steinbeck a échoué à rendre vivants ses personnages. Son chapitre intitulé « L'échec de l'impersonnalité » reconnaît cependant le succès de *Des souris et des hommes*, **qui a su opérer une transfiguration de la laideur par son style et sa technique fuguée :**

Claude-Edmonde Magny, *L'Âge du roman américain*, Éditions du Seuil, 1949, p. 190-191.

Steinbeck a pour les souffrances humaines l'indifférence profonde de la nature. Aussi peut-il se permettre d'écrire des scènes qui, chez tout autre écrivain, seraient à peu près intolérables : celle, par exemple, de *En un combat douteux*, où Mac, systématiquement, sans colère, simplement parce qu'il le faut, défigure à coups de poing un adolescent qui ne peut se défendre, presque un enfant — et sans cesser pour cela de nous être sympathique. Le simple sujet de *Des souris et des hommes*, exprimé abstraitement, est atroce ; mais, même de la scène finale, la tragédie a disparu ; il s'en dégage seulement une sorte de pitié abstraite pour la condition humaine, un peu semblable à celle que nous communique parfois Shakespeare. Pas un instant au contraire, chez Malraux ou chez Dos Passos, les souffrances des héros ne cessent de nous paraître métaphysiquement *inexpiables*. Keats parle, dans l'*Épître à Reynold*, de l'« aveugle purgatoire », fait de pitié impuissante pour toute la douleur de l'univers, que tout artiste doit traverser. Il semble que Steinbeck en soit sorti, et avec lui ses héros, tandis que Malraux et Dos Passos y demeurent encore engagés. Aussi les préoccupations sociales du premier ont-elles un accent très différent, du fait que toute révolte métaphysique en soit absente : nous ne sommes pas tentés d'avoir pitié de Mac ou de Jim, tant ils sont d'emblée au-dessus de tout ce qui peut arriver. Il y a en eux comme une royauté calme dont l'équivalent ne se trouve guère que chez quelques personnages de Shakespeare, par exemple le Marc-Antoine d'*Antoine et Cléopâtre*. C'est que Steinbeck a réussi à effectuer complètement la transfiguration de tous les éléments horribles, laids ou vulgaires de la réalité, au point qu'ils n'apparaissent même plus comme laids ou horribles, sinon à l'intellect abstrait qui les isole arbitrairement de leur expression littéraire. De là vient aussi l'usage admirable qu'il peut faire de l'argot, des clichés, du langage en apparence le plus déformé et le plus aveuli, qui pourtant lui permet d'exprimer, mieux que n'importe quel austère vocabulaire intellectuel, ces grandes réalités simples que sont la fraternité virile, la mort, le communisme, l'héroïsme ou la charité. Avec lui, rien de l'existence quotidienne ne peut nous gêner, tant nous sommes d'emblée au-delà. Comme Keats, Steinbeck, refusant l'évasion, a trouvé le meilleur des refuges : l'immanence absolue. Il faudrait ici analyser les procédés littéraires grâce auxquels s'opère cette transfiguration : le rythme intérieur de l'œuvre, la technique fuguée de *Des souris et des hommes*, par exemple, avec les reprises réglées du sujet et du contre-sujet. Balzac était fier d'avoir composé l'un de ses romans comme du Rossini : on pourrait dire que *Des souris et des hommes* est composé comme du Bach, et que Steinbeck y atteint à la même gravité sereine.

D. L'ANIMALITÉ ET L'ANORMALITÉ SELON PATRICK RAFROIDI

Le livre de Patrick Rafroidi est l'un des meilleurs écrits en français sur l'œuvre de John Steinbeck : non content de s'intéresser aux thèmes récurrents chez Steinbeck, il analyse sa méthode et son style de manière synthétique et précise à la fois.

Patrick Rafroidi relie le personnage de Lennie à la conception humaniste de Steinbeck influencée par la biologie.

Patrick Rafroidi, *John Steinbeck*, Éditions Universitaires, 1962, coll. Classiques du XXe siècle, p. 28-30.

On a décrit Steinbeck comme un « *romancier animalier* » et, de fait, il a introduit dans presque tous ses livres, des portraits précis, souriants ou attristés, de tous les animaux qu'il connaît, galerie étonnante de variété où voisinent insectes, animaux marins, tortues, rats, serpents, écureuils-fouisseurs, chevaux et chiens.

Le lecteur aura peut-être retenu plus volontiers telle présentation humoristique, ainsi — dans *À l'est d'Éden* — la jument Doxologie dont la méchanceté originelle devrait bien finir par troubler

« En tout cas, t'approche pas d'elle, parce que, comme piège à rat, on n'fait pas mieux. »
Dessin de Topor. Coll. part. D.R.

son philosophe de propriétaire, le vieux Samuel ; ou encore — dans le plus récent des livres de Steinbeck — le caniche Charley.

D'autres auront été plus sensibles à la description poétique des animaux, au poney rouge de Jody, à la tortue des *Raisins de la colère* qui va bravement son bonhomme de chemin malgré les obstacles et les blessures. Mais on n'a pas suffisamment dit que Steinbeck n'était ni J. Thurber ni le bon La Fontaine.

Un passage comme le suivant où l'on admirera la cadence de la phrase, l'harmonie des couleurs, la justesse de l'image, est également unique en littérature à cause de sa précision scientifique minutieuse.

Les mollusques tachetés, cannelés et orangés glissent gracieusement sur les rochers, leurs jupes ondoyantes comme celles des danseuses espagnoles... Les anémones s'épanouissent comme des fleurs éclatantes, invitant tous les êtres las à se reposer entre leurs bras, mais dès qu'un petit crabe accepte l'invite empourprée, les pétales se referment[1].

Il en va de même — mutatis mutandis — de la présentation des anormaux dans les romans de l'auteur.

C'est parce qu'il est objet d'étude pour la biologie ou ses sciences annexes que l'homme en son aspect le plus animal, le moins humain, retient aussi l'attention de Steinbeck.

À cet égard, c'est le simple d'esprit ou le névrosé qui se prêtent le mieux à l'observation détachée et l'on comprend que l'écrivain en ait usé, sinon abusé. Son univers, pour n'être pas exclusivement « *peuplé de sadiques, de vagabonds et de crétins congénitaux* » n'en contient pas moins un grand nombre.

L'épilepsie apparaît dans le Jones de *La Coupe d'Or*, chez Myrtle et John Battle dans *Les Pâturages du Ciel*. Elle est accompagnée chaque fois d'une névrose mystique. Ces mêmes *Pâturages* nous montrent encore trois cas pathologiques : l'adénoïdien Manny Munroe, Alice la belle idiote, Hilda van Deventer l'adolescente mythomane. Il y a encore Johnny L'Ours dans *La Longue Vallée,* Frankie dans *Rue de la Sardine.*

Mais Steinbeck sait aussi intégrer ces éléments, affaiblis dans la psychologie normale après les avoir dissociés pour en faire l'étude clinique.

C'est ainsi que l'instinct du tueur qui apparaît sous sa forme extrême dans l'émouvant et tragique Lennie de *Des souris et des hommes*, trouve son expression atténuée chez des êtres sains, dans leur goût et leur recherche du combat.

Le masochisme spirituel de certains caractères ne pourrait être aussi qu'une forme normalisée, intériorisée, du masochisme tout court.

Enfin, l'auteur s'est souvent intéressé de façon sérieuse ou humoristique à la genèse de l'idée fixe : Shark obsédé par la virginité de sa fille ou Doc, dans *Rue de la Sardine,* qui met enfin à exécution le désir de dix années : commander un cocktail au lait et à la bière.

L'anomalie à l'état pur ou latent n'est d'ailleurs pas le seul état descriptible de l'humain réduit au physiologique. Steinbeck peut prendre un être parfaitement équilibré, mais au moment où, par suite des circonstances ou de l'isolement, les barrières sociales et les habitudes créées et entretenues par la collectivité seront tombées. Et cela, cette rechute violente et passagère dans l'animalité, guette tous les hommes, surtout — peut-être — les plus civilisés, ceux chez qui les instincts trop longtemps refoulés ont soudain besoin d'un exutoire.

1. *Rue de la Sardine*, chap. VII, p. 38-39 (trad. M. Paz, Gallimard, 1947).

E. LE « CAS STEINBECK » SELON JACQUES CABAU

Dans son panorama du roman américain, *La Prairie perdue*, **Jacques Cabau donne une vision décapante d'un Steinbeck débarrassé de ses mythes. Pour Jacques Cabau, l'étiquette d'« écrivain social » a longtemps caché le vrai génie de Steinbeck : son talent pour décrire et son goût de l'ellipse.**

Jacques Cabau, *La Prairie perdue*, Éditions du Seuil, 1966, (rééd. coll. Points, 1981), p. 30-32.

Le « cas Steinbeck » illustre bien les confusions du « réalisme », au moment où l'apparente splendeur de l'« âge du roman américain » cache la crise du roman américain. Steinbeck, c'est l'éternelle histoire du paysan perverti, du cow-boy perdu par la ville. Steinbeck le fruste, le romancier de l'élémentaire, n'aurait jamais dû quitter son pays, la vallée de Salinas, à deux cents kilomètres au sud de San Francisco. Là, Steinbeck avait ses racines, son « poney rouge », sa cabane sans feu. Là il avait été maçon, garde-chasse, manœuvre, ouvrier agricole parmi les *paisanos* de *Tortilla Flat* et les fermiers des *Pâturages du ciel*. Car ce romancier sans imagination est le contraire de Faulkner. Yoknapatawpha est dans Faulkner. Steinbeck, lui, était dans Salinas. Son génie, c'est d'entendre, de sentir, de raconter la terre et les hommes de Salinas, sans oublier un détail, pas même que les ouvriers n'y prononcent le « g » des participes présents qu'en fin de phrase. C'est du roman-vérité, du roman de terroir.

À ce trait, on le crut « réaliste », lui qui avait commencé sa carrière par une biographie d'Henry Morgan, le pirate de Panama, et dont le second livre, *le Dieu inconnu*, révélait le panthéisme mystique. Mais, comme il parlait de la misère et du désarroi ouvriers, on l'étiqueta écrivain social. Il savait seulement décrire. On lui demanda de penser. Il se pencha sur la crise et la classe ouvrière jusqu'à en perdre l'équilibre. Il fit dans le message social. Il aborda même le problème du communisme dans *En un combat douteux*. Par une aberration caractéristique de l'époque, c'est ce côté « mélodrame idéologique » qu'on trouva « réaliste », et c'est le plus mauvais de son œuvre qui lui valut la gloire. Gide même, comme Sartre plus tard, s'y trompa, qui note dans son journal, le 27 septembre 1940, que Steinbeck « offre le meilleur portrait psychologique que je connaisse du communisme ». Ainsi la crise économique et les illusions gauchisantes embarquèrent le poète picaresque dans le grand malentendu du socialisme et de la littérature engagée.

Or, Steinbeck n'a rien en commun avec les Dahlberg, les O'Hara, les Richard Wright, les Paul Taylor, qui font du réalisme prolétarien pour démythifier le rêve américain. Steinbeck, au contraire, reprend en pleine crise le mythe optimiste de la *frontier* : avoir un petit ranch à soi, là-bas, vers l'Ouest. Dans *Des souris et des hommes*, Lennie et George sont assis sur le talus, pathétiques et grotesques comme des silhouettes de Beckett, « en attendant leur ranch » : « On aura une petite ferme. On aura une vache, et peut-être bien un cochon et des poulets et dans le champ un carré de luzerne. Pour les lapins. » C'est le vieux rêve jeffersonien de la petite propriété foncière. Steinbeck n'est pas un socialiste, mais tout au plus un moraliste anarchisant qui vante la supériorité de la ville sur la campagne. Ses chômeurs reprennent la marche vers l'Ouest des pionniers qui fuyaient l'Europe, des « damnés de la terre » qui croyaient au Far West plutôt qu'au socialisme.

Les Joad, cahotant sur leur tacot le long de la N. 66, sont en route pour la Terre promise. Le style des *Raisins de la colère* imite celui des Psaumes, et la structure du récit reproduit l'exode biblique. Romancier de la tribu, Steinbeck a élaboré une théorie du groupe, qui compare le microcosme humain à ces flaques d'eau où, après la marée, mollusques et crustacés se battent. « Les plans les mieux conçus des souris et des hommes ne se réalisent pas » — le titre emprunté à Burns, expose le fatalisme biologique de Steinbeck : les hommes sont gobés par le destin à la dernière page du roman, comme le serpent d'eau par le héron. Le meilleur de Steinbeck, ce sont ces moments de poésie où l'action humaine, un instant suspendue, trouve son reflet symbolique dans la nature : un vent de sable, une chouette qui fond sur un mulot, un hurlement de chien seul au désert. Univers barbare d'êtres à peine humains que Steinbeck regarde vivre et mourir avec une curiosité sereine de paysan ou d'entomologiste. Univers sans amour, où la seule lueur n'est pas l'amitié, mais la solidarité de bœufs sous le joug, de Lennie et de George, mâchant leurs haricots côte à côte. Avec ces créatures frustes, les techniques béhaviouristes, la description extérieure des personnages, empruntés à Hemingway, font merveille.

V. BIBLIOGRAPHIE SÉLECTIVE

A. LES ŒUVRES DE STEINBECK

En page liminaire se trouvent les titres des ouvrages cités.

À l'est d'Éden, Paris, traduction J. C. Bonnardot, éd. Mondiales, 1954, LGF 1963, coll. Livre de Poche.

Dans La Mer de Cortez, traduction Rosine Fitzgerald, Actes Sud, 1989.

En un combat douteux, traduction Michel-Tyl, Paris, Gallimard, 1940, coll. Folio.

Le Poney rouge, traduction Marcel Duhamel et Max Morise, Gallimard 1981, coll. Folio Junior.

Les Raisins de la colère, traduction Marcel Duhamel et Maurice-Edgar Coindreau, Paris, Gallimard, 1947, coll. Folio.

Tortilla Flat, traduction Brigitte V. Barbey, Paris, Gallimard, coll. Folio, 1972.

B. OUVRAGES CRITIQUES :

1. OUVRAGES EN LANGUE ANGLAISE

Joseph Fontenrose, *John Steinbeck, An Introduction and Interpretation*, New York, Holt, Rinehart and Winston, 1963. Une introduction à l'œuvre de Steinbeck vue sous l'angle mythique.

Warren French, *John Steinbeck* New York, Twayne, 1961. Présentation de l'homme et de l'œuvre, assortie d'une excellente bibliographie commentée.

Tetsumaro Hayashi, *Steinbeck's Literary Dimension, A Guide to Comparative Studies* Metuchen, The Scarecrow press, 1973. Une étude comparative de Steinbeck avec les grands écrivains de la littérature anglo-saxonne, suivie d'une bibliographie commentée très utile. Contient aussi une mise au point de Peter Lisca sur la critique de Steinbeck jusqu'en 1971.

Peter Lisca, *The Wide World of John Steinbeck,* New Brunswick, Rutgers UP, 1958, rééd. 1981. Une étude exhaustive et une interprétation pénétrante de l'œuvre de Steinbeck.

E. W. Tedlock et C.V. Wicker, ed., *Steinbeck and His Critics, A record of Twenty-Five Years,* Albuquerque, University of New Mexico Press, 1957. Un recueil des meilleurs articles consacrés à Steinbeck .

2. OUVRAGES EN LANGUE FRANÇAISE

Jacques Cabau, *La Prairie perdue*, Paris, Éditions du Seuil, 1966 ; édition revue et augmentée en coll. Points, 1981. Un panorama passionné et passionnant du roman américain.

Claude-Edmonde Magny, *L'Âge du roman américain,* Paris, Éditions du Seuil, 1948. Une étude pionnière de la philosophie et de la forme du roman américain contemporain.

Patrick Rafroidi, *John Steinbeck,* Paris, Éditions Universitaires, 1962, coll. Classiques du XXe siècle. Une analyse thématique très fouillée de l'œuvre de Steinbeck.

TABLE

ESSAI

DOSSIER

DU MÊME AUTEUR

Aux Éditions Gallimard

EN UN COMBAT DOUTEUX...
DES SOURIS ET DES HOMMES
LA GRANDE VALLÉE
LES RAISINS DE LA COLÈRE
RUE DE LA SARDINE
LES PÂTURAGES DU CIEL
LES NAUFRAGÉS DE L'AUTOCAR
JOURNAL RUSSE
LA PERLE
AU DIEU INCONNU
LA COUPE D'OR

Dans la collection Folio Junior

LE PONEY ROUGE. *Illustrations de Bernard Héron et Philippe Munch.*

Dans les Grands Textes illustrés

LE PONEY ROUGE. *Illustrations de Marc Berthier et Jean-Olivier Héron.*

Dans la collection 1 000 Soleils

LA PERLE. *Illustrations de Marc Berthier et Jean-Olivier Héron.*

Chez d'autres éditeurs

TORTILLA FLAT *(Éditions Denoël)*

À L'EST D'ÉDEN *(Éditions Plon)*

TENDRE JEUDI *(C. Del Duca)*

DANS LA MÊME COLLECTION

Marie-Christine Lemardeley-Cunci *Des souris et des hommes* de John Steinbeck (16)
Claude Leroy *L'or* de Blaise Cendrars (13)
Henriette Levillain *Mémoires d'Hadrien* de Marguerite Yourcenar (17)
Henriette Levillain *La princesse de Clèves* de Madame de La Fayette (46)
Jacqueline Lévi-Valensi *La peste* d'Albert Camus (8)
Jacqueline Lévi-Valensi *La chute* d'Albert Camus (58)
Marie-Thérèse Ligot *Un barrage contre le Pacifique* de Marguerite Duras (18)
Marie-Thérèse Ligot *L'amour fou* d'André Breton (59)
Joël Malrieu *Le Horla* de Guy de Maupassant (51)
François Marotin *Mondo et autres histoires* de J.M.G. Le Clézio (47)
Jean-Michel Maulpoix *Fureur et mystère* de René Char (52)
Catherine Maubon *L'âge d'homme* de Michel Leiris (65)
Alain Meyer *La condition humaine* d'André Malraux (12)
Pascaline Mourier-Casile *Nadja* d'André Breton (37)
Jean-Pierre Naugrette *Sa Majesté des Mouches* de William Golding (25)
François Noudelman *Huis clos* et *Les mouches* de Jean-Paul Sartre (30)
Jean-François Perrin *Les confessions* de Jean-Jacques Rousseau (62)
Bernard Pingaud *L'Étranger* d'Albert Camus (22)
Jean-Yves Pouilloux *Les fleurs bleues* de Raymond Queneau (5)
Jean-Yves Pouilloux *Fictions* de Jorge Luis Borges (19)
Frédéric Regard *1984* de George Orwell (32)
Pierre-Louis Rey *Madame Bovary* de Gustave Flaubert (56)
Anne Roche *W* de Georges Perec (67)
Mireille Sacotte *Un roi sans divertissement* de Jean Giono (42)
Marie-France Savéan *La place* et *Une femme* d'Annie Ernaux (36)
Marie-Louise Terray *Les chants de Maldoror* de Lautréamont (68)
Claude Thiébaut *La métamorphose et autres récits* de Franz Kafka (9)
Marie-Ange Voisin-Fougère *Contes cruels* de Villiers de l'Isle Adam (54)

À PARAÎTRE

Béatrice Didier *Jacques le Fataliste* de Diderot
Pascal Durand *Poésies* de Mallarmé
Jean-Pierre Morel *Le Procès* de Franz Kafka

COLLECTION FOLIO

Dernières parutions

2758.	Danièle Sallenave	*Les portes de Gubbio*
2759.	Philippe Sollers	*PARADIS 2*
2760.	Mustapha Tlili	*La rage aux tripes*
2761.	Anne Wiazemsky	*Canines*
2762.	Jules et Edmond de Goncourt	*Manette Salomon*
2763.	Philippe Beaussant	*Héloïse*
2764.	Daniel Boulanger	*Les jeux du tour de ville*
2765.	Didier Daeninckx	*En marge*
2766.	Sylvie Germain	*Immensités*
2767.	Witold Gombrowicz	*Journal I (1953-195 8)*
2768.	Witold Gombrowicz	*Journal II (1959-196 9)*
2769.	Gustaw Herling	*Un monde à part*
2770.	Hermann Hesse	*Fiançailles*
2771.	Arto Paasilinna	*Le fils du dieu de l'Orage*
2772.	Gilbert Sinoué	*La fille du Nil*
2773.	Charles Williams	*Bye-by e, bayou !*
2774.	Avraham B. Yehoshua	*Monsieur Mani*
2775.	Anonyme	*Les Mille et Une Nuits III (contes choisis)*
2776.	Jean-Jacques Rousseau	*Les Confessions*
2777.	Pascal	*Les Pensées*
2778.	Lesage	*Gil Blas*
2779.	Victor Hugo	*Les Misérables I*
2780.	Victor Hugo	*Les Misérables II*
2781.	Dostoïevski	*Les Démons (Les Possédés)*
2782.	Guy de Maupassant	*Boule de suif et autres nouvelles*

2783. Guy de Maupassant — *La Maison Tellier. Une partie de campagne et autres nouvelles*
2784. Witold Gombrowicz — *La pornographie*
2785. Marcel Aymé — *Le vaurien*
2786. Louis-Ferdinand Céline — *Entretiens avec le Professeur Y*
2787. Didier Daeninckx — *Le bourreau et son double*
2788. Guy Debord — *La Société du Spectacle*
2789. William Faulkner — *Les larrons*
2790. Élisabeth Gille — *Le crabe sur la banquette arrière*
2791. Louis Martin-Chauffier — *L'homme et la bête*
2792. Kenzaburô Ôé — *Dites-nous comment survivre à notre folie*
2793. Jacques Réda — *L'herbe des talus*
2794. Roger Vrigny — *Accident de parcours*
2795. Blaise Cendrars — *Le Lotissement du ciel*
2796. Alexandre Pouchkine — *Eugène Onéguine*
2797. Pierre Assouline — *Simenon*
2798. Frédéric H. Fajardie — *Bleu de méthylène*
2799. Diane de Margerie — *La volière suivi de Duplicités*
2800. François Nourissier — *Mauvais genre*
2801. Jean d'Ormesson — *La Douane de mer*
2802. Amos Oz — *Un juste repos*
2803. Philip Roth — *Tromperie*
2804. Jean-Paul Sartre — *L'Engrenage*
2805. Jean-Paul Sartre — *Les jeux sont faits*
2806. Charles Sorel — *Histoire comique de Francion*
2807. Chico Buarque — *Embrouille*
2808. Ya Ding — *La jeune fille Tong*
2809. Hervé Guibert — *Le Paradis*
2810. Martín Luis Guzmán — *L'ombre du Caudilio*
2811. Peter Handke — *Essai sur la fatigue*
2812. Philippe Labro — *Un début à Paris*
2813. Michel Mohrt — *L'ours des Adirondacks*
2814. N. Scott Momaday — *La maison de L'aube*
2815. Banana Yoshimoto — *Kitchen*

2816.	Virginia Woolf	*Vers le phare*
2817.	Honoré de Balzac	*Sarrasine*
2818.	Alexandre Dumas	*Vingt ans après*
2819.	Christian Bodin	*L'inespérée*
2820.	Christian Bodin	*Isabelle Bruges*
2831.	François-Régis Bastide	*L'homme au désir d'amour lointain*
2832.	Thomas Bernhard	*L'origine*
2833.	Daniel Boulanger	*Les noces du marie*
2834.	Michel del Castillo	*Rue des Archives*
2835.	Pierre Dieu la Rochelle	*Une femme à sa fenêtre*
2836.	Joseph Kessel	*Dames de Californie*
2837.	Patrick Mosconi	*La nuit apache*
2838.	Marguerite Yourcenar	*Conte bleu*
2839.	Pascal Quignard	*Le sexe et l'effroi*
2840.	Guy de Maupassant	*L'inutile beauté*
2841.	Kôbô Abé	*Rendez-vous secret*
2842.	Nicolas Bouvier	*Le poisson-scorpion*
2843.	Patrick Chamoiseau	*Chemin-d'école*
2844.	Patrick Chamoiseau	*Antan d'enfance*
2845.	Philipe Djian	*Assassins*
2846.	Lawrence Durrell	*Le carrousel sicilien*
2847.	Jean-Marie Laclavetine	*Le Rouge et le Blanc*
2848.	D.H. Lawrence	*Kangourou*
2849.	Francine Prose	*Les petits miracles*
2850.	Jean-Jacques Sempé	*Insondables mystères*
2851.	Béatrix Beck	*Accommodements avec le ciel*
2852.	Herman Melville	*Moby Dick*
2853.	Jean-Claude Brisville	*Beaumarchais, l'insolent*
2854.	James Baldwin	*Fâce à l'homme blanc*
2855.	James Baldwin	*La prochaine fois, le feu*
2856.	W.-R. Burnett	*Rien dans les manches*
2857.	Michel Déon	*Un déjeuner de soleil*
2858.	Michel Déon	*Le jeune homme vert*
2859.	Philippe Le Guillou	*Le passage de l'Aulne*
2860.	Claude Brami	*Mon amie d'enfance*

2861. Serge Brussolo — *La moisson d'hiver*
2862. René de Ceccatty — *L'accompagnement*
2863. Jerome Charyn — *Les filles de Maria*
2864. Paule Constant — *La fille du Gobernator*
2865. Didier Daeninckx — *Un château en Bohême*
2866. Christian Gludicelli — *Quatiers d'Italie*
2867. Isabelle Jarry — *L'archange perdu*
2868. Marle Nimler — *La caresse*
2869. Arto Paasilinna — *La forêt des renards pendus*
2870. Jorge Semprun — *L'écriture ou la vie*
2871. Tito Topin — *Piano barjo*
2872. Michel Del Castillo — *Tanguy*
2873. Huysmans — *En route*
2874. James M. Cain — *Le bluffeur*
2875. Réjean Ducharme — *Va savoir*
2876. Mathieu Lindon — *Champion du monde*
2877. Robert Littell — *Le sphinx de Sibérie*
2878. Claude Roy — *Les rencontres des jours 1992-1993*
2879. Danièle Sallenave — *Les trois minutes du diable*
2880. Philippe Sollers — *La Guerre du Goût*
2881. Michel Tournier — *Le pied de la lettre*
2882. Michel Tournier — *Le miroir des idées*
2883. Andreï Makine — *La confession d'un porte-drapeau déchu*
2884. Andreï Makine — *La fille d'un héros de l'Union Soviétique*
2885. Andreï Makine — *Au temps du fleuve Amour*
2886. John Updike — *La parfaite épouse*
2887. Defoe — *Robinson Crusoé*
2888. Philippe Beaussant — *L'archéologue*
2889. Pierre Bergounioux — *Miette*
2890. Pierrette Fleutiaux — *Allons-nous être heureux ?*
2891. Remo Forlani — *La déglingue*
2892. Joe Gores — *Inconnue au bataillon*
2893. Félicien Marceau — *Les ingénus*
2894. Ian McEwan — *Les chiens noirs*

2895.	Pierre Michon	*Vies miniscules*
2896.	Susan Minot	*La vie secrète de Lilian Eliot*
2897.	Orhan Pamuk	*Le livre noir*
2898.	William Styron	*Un matin de Virginie*
2899.	Claudine Vegh	*Je ne lui ai pas dit au revoir*
2900.	Robert Walser	*Le brigand*
2901.	Grimm	*Nouveaux contes*
2902.	Chrétien de Troyes	*Lancelot ou le chevalier de la charrette*
2903.	Hermann Melville	*Bartleby, le scribe*
2904.	Jerome Charyn	*Isaac le mystérieux*
2905.	Guy Debord	*Commentaires sur la société du spectacle*
2906.	Guy Debord	*Potlatch*
2907.	Karen Blixen	*Les chevaux fantômes et autres contes*
2908.	Emmanuel Carrère	*La classe de neige*
2909.	James Crumley	*Un pour marquer la cadence*
2910.	Anne Cuneo	*Le trajet d'une rivière*
2911.	John Dos Passos	*L'initiation d'un homme*
2912.	Alexandre Jardin	*L'île des Gauchers*
2913.	Jean Rolin	*Zones*
2914.	Jorge Semprum	*L'Algarabie*
2915.	Junichirô Tanizaki	*Le chat, son maître et ses deux maîtresses*
2916.	Bernard Tirtiaux	*Les sept couleurs du vent*
2917.	H.G. Wells	*L'île du docteur Moreau*
2918.	Alphonse Daudet	*Tartarin sur les Alpes*
2919.	Albert Camus	*Discours de Suède*
2921.	Chester Himes	*Regrets sans repentir*
2922.	Paula Jacques	*La descente au paradis*
2923.	Sybille Lacan	*Un père*
2924.	Kenzaburô Oé	*Une existence tranquille*
2925.	Jean-Noël Pancrazi	*Madame Arnoul*
2926.	Ernest Pépin	*L'Homme-au-Bâton*
2927.	Antoine de St Exupéry	*Lettres à sa mère*
2928.	Mario Vargas Liosa	*Le Poisson dans l'eau*

2929. Arthur de Gobineau	*Les Pléiades*
2930. Alex Abella	*Le massacre des saints*
2932. Thomas Bernhard	*Oui*
2933. Gérard Mace	*Le dernier des Égyptiens*
2934. Andreï Makine	*Le testament français*
2935. N. Scott Momaday	*Le chemin de la montagne de pluie*
2936. Maurice Rheims	*Les forêts d'argent*
2937. Philip Roth	*Opération Shylock*
2938. Philippe Sollers	*Le Cavalier du Louvre. Vivant Denon*
2939. Giovanni Verga	*Les Malavoglia*
2941. Christophe Bourdin	*Le fil*
2942. Guy de Maupassant	*Yvette*
2943. Simone de Beauvoir	*L'Amérique au jour le jour*
2944. Victor Hugo	*Choses vues 1830-1848*
2945. Victor Hugo	*Choses vues 1849-1885*
2946. Carlos Fuentes	*L'oranger*
2947. Roger Grenier	*Regardez la neige qui tombe*
2948. Charles Juliet	*Lambeaux*
2949. J.M.G. Le Clezio	*Voyage à Rodrigues*
2950. Pierre Magnan	*La Folie Forcalquier*
2951. Amoz Oz	*Toucher l'eau, toucher le vent*
2952. Jean-Marie Rouart	*Morny, un voluptueux au pouvoir*
2953. Pierre Salinger	*De mémoire*
2954. Shi Nai-An	*Au bord de l'eau I*
2955. Shi Nai-An	*Au bord de l'eau II*
2956. Marivaux	*La Vie de Marianne*
2957. Kent Anderson	*Sympathy for the devil*
2958. André Malraux	*Espoir - Sierra de Teruel*
2959. Christian Bobin	*La folle allure*
2960. Nicolas Bréhal	*Le parfait armour*
2961. Serge Brussolo	*Huriemort*
2962. Hervé Guibert	*La piqûre d'amour et autres testes*
2963. Ernest Hemingway	*Le chaud et le froid*
2964. James Joyce	*Finnegans Wake*
2965. Gilbert Sinoué	*Le livre de saphir*

2966. Junichirô Tanizaki — *Quatre sœurs*
2967. Jeroen Brouwers — *Rouge décanté*
2968. Forrest Carter — *Pleure, Geronimo*
2971. Didier Daeninckx — *Métropolice*
2972. Franz-Olivier Giesbert — *Le vieil homme et la mort*
2973. Jean-Marie Laclavetine — *Demain la veille*
2974. J.M.G. Le Clézio — *La quarantaine*
2975. Régine Pernoud — *Jeanne d'Arc*
2976. Pascal Quignard — *Petits traités I*
2977. Pascal Quignard — *Petits traités II*
2978. Geneviève Brisac — *Les filles*
2979. Stendhal — *Promenades dans Rome*
2980. Virgile — *Bucoliques. Géorgiques*
2981. Milan Kundera — *La lenteur*
2982. Odon Vallet — *L'affaire Oscar Wilde*
2983. Marguerite Yourcenar — *Lettres à ses amis et quelques autres*
2984. Vassili Axionov — *Une saga moscovite I*
2985. Vassili Axionov — *Une saga moscovite II*
2986. Jean-Philippe Arrou-Vignod — *Le conseil d'indiscipline*
2987. Julian Barnes — *Metroland*
2988. Daniel Boulanger — *Caporal supérieur*
2989. Pierre Bourgeade — *Eros mécanique*
2990. Louis Calaferte — *Satori*

Composé par Traitext
Achevé d'imprimer
par Maury-Eurolivres S.A.
45300 Manchecourt
le 2 octobre 1997
Dépôt légal : octobre 1997
1er dépôt légal dans la collection : mars 1992
Numéro d'imprimeur : 97/09/60601

ISBN 2-07-038487-X/Imprimé en France

84222